• 衛斯理小說典藏版 25 •

原子空間

衛斯理
親自演繹衛斯理

《原子空間》

新之又新的序言，最新的

衛斯理小說從第一次出版至今，歷時已近半世紀，總共出了多少正版，還能計得清，若是連盜版一起算，那就算找外星人來算，也算勿清楚哉！不知能不能也算世界紀錄。

算得清好，算勿清也好，能幾十年來不斷出新版，說明不斷有讀者加入，對作者來說，沒有更值得高興的事了，謝謝所有喜歡衛斯理的人，謝謝謝謝。

倪匡

二〇二〇年六月四日 香港

幾句話

寫了四十多年小說，論者將拙作分為三個時期：早、中、晚。在明窗出版的一批，屬於早期和中期的上半。三個時期的創作風格有相當程度的不同，所以風評不一。本人並無偏愛，但讀友對早期的作品，頗有好評，大抵是由於在早、中期作品之中，主要人物精力充沛，活力無窮，所以使故事曲折多變，小說也就格外吸引。明窗出版社此次重新出版這批作品，正好讓大家來證明這一點。

四十餘年來，新舊讀友不絕，若因此而能有新讀友，不亦快哉！

二〇〇五年十一月六日

序言

《原子空間》這個故事寫在一九六四年——故事中一再提及這個年份，大約是在《天外金球》這個故事的前或後，距今足二十二年，創作這個故事的時候，現在許多讀者，還沒有出生。二十年是足足一代，可是故事看來仍然「新鮮」，校刪之際，十分高興。

這次校訂，刪去了中間沒有意義的一大段，而自己最滿意的一段，是寫地球到了公元二四六四年，面臨毀滅之前，人類的末日心態的可怕和醜惡。這種末日心態，倒絕不是憑空幻想，而大有根據，凡是到了末日亂世，都會有這種情形出現。

這個故事基本上是一個悲劇，人，不論科學怎麼進步，人怎麼進化，除非真到了永恒星人那樣，總不免是在大大小小程度不同的悲劇之中翻滾，但如果真和永恒星人一樣的，那算是什麼生活，那樣的生活，又有什麼樂趣？

真是矛盾之極！

衛斯理（倪匡）

一九八六年十一月廿七日

目錄

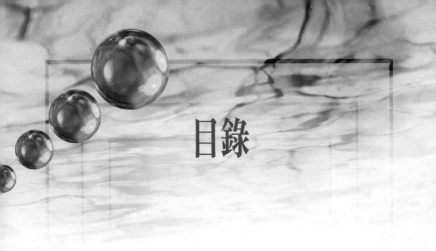

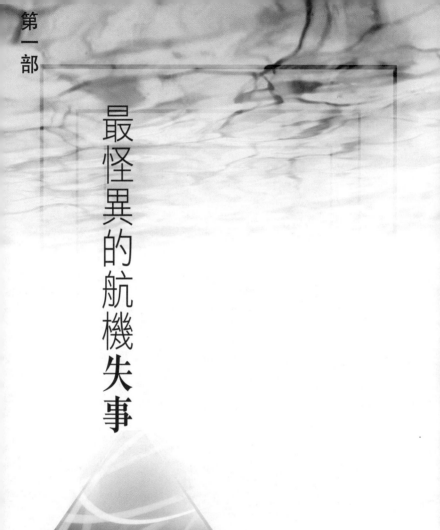

第一部

最怪異的航機失事

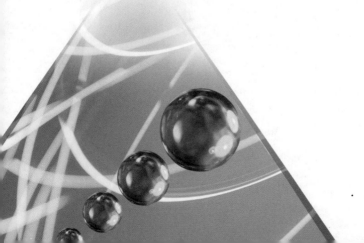

春天的天氣，多雨而潮濕，難得這一天卻是晴空萬里。我心情比天氣好，因為昨天，接到未婚妻白素從東京打來的電報，說她在今天可以到我身邊。

不但我高興，老僕人老蔡，一清早就將家中上下，打掃得乾乾淨淨，纖塵不染，飛機十一時二十分到，可是從九點鐘起，老蔡便嘰嘰咕咕，不知催了我多少次，叫我快些動身。他是我們家的老僕人，我尚未成家，他極為不滿。

我一則怕他不斷地囉唆，二則我也實在心急要和白素會面。這些日子來，我只知道白素在有着「亞洲最神秘地區」之稱的地方，有過一段非凡的經歷，但其中詳細情形究竟是怎樣，卻不知道。當然我急於和她見面，還不止為了想知道她這一個時期中的冒險生活，我和她已有許久未曾相見了！當我到達機場時，還只是十點五十分，白素所搭的那班飛機要半個小時之後才到。這半個小時幾乎是一秒鐘一秒鐘地等過去的。

好不容易等到了十一點一刻。這時，來接機的人多起來，每一個人的面上都帶着愉快而又有些焦切的神色：他們的親友，立刻就要從萬里之外飛來了。

我怕是這許多人之中最心急的一個，我不斷地看着手表，好不容易又過了兩分鐘，飛機應該出現了，可是藍殷殷的天空上卻一點迹象都沒有。

我緩緩地吸着氣，心中自己安慰自己：沒有事的，當然不會有什麼事，天氣這樣好，即使是瞎子也可以將飛機順利飛達目的地。

可是，不安在人群之中迅速地傳開來，說笑的聲音靜了許多，人人都望着天空，這時候，時間似乎又過得特別快，竟已是十一點三刻了。

接着，不安的情緒更濃了，接機的人開始交頭接耳，面色慌張，終於有人叫道：「去問辦公室，究竟發生了什麼事！」

有兩個中年人走出了人群，我跟在他們的後面，又有幾個人跟在我的後面，我們迅速而又沉默地向機場辦公室走去。辦公室的門打開，一個頭髮已經花白的中年人在門口站了一站，面色十分沉重，望着我們不說話，而辦公室中其他的職員也望着我們。

他們的眼光十分奇怪，充滿了憐憫，我心中不禁感到了一股寒意，我伸手推開了前面的兩個人：「我們在等候五〇七班機，我的未婚妻在飛機上，告訴我，發生了什麼事？」

那中年人的聲音，十分沉痛：「五〇七班機和機場的聯絡，在十一時正突然中斷——」

他才講到這裏，人叢之中，已發出了一陣騷動，有一個婦人尖叫起來。

我連忙道：「沒有消息麼？」

那中年人吸了一口氣：「一架軍用飛機報告，說發現客機撞毀在東南五十哩外的一個荒島上。」

我一伸手，按住了那中年人的肩頭：「沒有可能的，這絕無可能。」

那中年人無力地搖頭，他一度未曾徹底明白我說「沒有可能」這句話的意思。我說這句話，不單為了不希望有這件事發生，我的意思是指確確實實：沒有可能！

聯絡突然中斷一定由於突如其來嚴重的破壞。

可是飛機不是發生爆炸，而撞中了一個小島，巨型噴射機，飛行高度極高，通常至兩萬呎的高空，如何會撞到了一個小島的山峰上面去？在附近幾百哩內，沒有一個山峰高過海拔兩千呎的，所以我說這件事不可能發生。

這時，不幸的消息傳開，人開始圍了攏來，我的額上冒汗，白素在這架飛機上！我冒出來的，是冰一樣的冷汗。

那中年人溫和，但是堅決地推開了我的手：「先生，請保持鎮定，情形或者不如報告中那樣壞，我們已會同警方，立時出發去視察。」

我深深地吸了一口氣：「我和你們一起去。」

那中年人搖了搖頭：「不能接受你的要求，希望到現場去看一看的人太多了，而我們準備的只不過是一架小型水上飛機。」

我轉過頭去，看到一個高級警官正推開人群，向前走來。這個高級警官隸屬於傑克中校的特別工作組，叫泰勒，我認識他。我取出了一張證件：「我有國際警方的特別證件，要求參加飛機失事的調查工作。」

泰勒來到我的面前，友善地向我點了點頭：「這件事正需要你參加！」

他和我一面說，一面拉着我向人群中擠去，那中年人跟在後面，辦公室其他的職員則安慰着惶惶的接機者。我們擠出了人群之後，又有三個人加入了我們的行列。兩個是失事飛機所屬航空公司的代表，一個是青年警官。

那年輕警官在行近來的時候，向泰勒行了一個禮：「所有的水警輪都駛往出事地點了，另有一架軍機看到了失事的飛機。」

泰勒連忙問道：「怎麼樣？」

那青年警官道：「兩次報告是一樣的——都荒謬到使人無法相信，絕對難以相信！」

泰勒抽了一口氣：「仍然是：飛機的一半插進了巖石之中？」

那年輕警官點了點頭。我竭力使自己的心神不再繚亂，我問道：「什麼叫作飛機的一半插進了巖石之中？」

泰勒低着頭，向前疾走了幾步，才道：「我們接到的報告是失事的飛機，插進了一個小島的巖石之中，你明白這個意思麼？」

我和其他幾個人都搖了搖頭，表示不明白，飛機撞中了巖石，當然掉下來，然後焚燒，什麼叫作「插進了巖石」中？如果飛機的前半部插進了巖石中，那麼它的後半部呢？難道留在巖石外面安然無恙？

泰勒搖頭道：「我也不明白，但那空軍中尉發誓說，他看到飛機的前半部陷在巖石中到機翼的一半，後半部則露在巖石之外，像是那小島上是一大塊乳酪，飛機撞上去，就陷進去了——唉，我是在複述那位空軍中尉的話。」

我冷笑道：「想不到醉鬼也可以駕駛軍機。」

泰勒道：「我們也以為他醉了，或者他是一個十分富於幻想力的人，可是他卻能清楚地叫出這架飛機的編號來，這表示他的確看到了這種奇異而不可思議的情形，他是個智力正常的人——而且如今，又有第二個人看到了這個情形。」

我想了一想：「這兩位空軍人員要和我們偕行？」那年輕警官道：「不，他們說他們的神經受了震盪，需要休息。」

我苦笑了一下，一架巨型的客機前半部陷進了巖石中，後半部卻安然無恙地露在外面，這的確會使看到的人神經受震盪，我們這裏幾個人，還未曾見到這種情形，只不過聽到，便已經面色變白了！

一輛小型吉普車將我們送到一架水上飛機的旁邊，在機旁，又有兩個人在，經過介紹，這兩個人是機場的飛行問題專家，一般的飛機失事，他們只要到現場揀起碎片來略事研究，便可以知道失事原因。

他們兩人帶着很多應用的儀器。駕駛員向眾人致意之後，飛機便開始在跑道上滑行，隨即破空而去。

我的面色極之難看：「如果不是有意外的話，現在——」我看了看手表，已是十二時三十分了：「現在我已經和未婚妻一齊到家了！」

十二時五十分，看到那個小島了。

泰勒的手中一直持着一張地圖，這時，他緊張得面色發青：「就是這個小島，就是這個！」

那小島和海中的任何荒島並無分別，有相當高而直上直下的峭壁，峭壁的另一面則十分斜，整個小島，其實就是一座自海底冒起來的山峰。

那飛機呢？我沒有看到，照理來說，我應該看到，如果那飛機真的是插進了巖石中的話，我應該看到它。

但是我卻沒有看到！

我叫了起來：「不是這個小島！」

泰勒抬頭向窗外看去，當然他也沒有看到什麼飛機，他連忙又看手中的地圖，然後又抬起頭來，喃喃地道：「是這裏，兩個人所報告的經緯度都和這個小島吻合，一定是這裏！」

水上飛機開始下降，機翼下的「船」很快地接觸水面，在水面上滑行，濺起老高的水花。

水上飛機是繞着那個小島在海面上滑行的，當飛機滑行到小島的東南面時，我們看到了那架飛機！

剎那之間，人人都像木偶一樣呆着不動，飛機劇烈震盪，顯然是駕駛員也大受震動，幾乎令水上飛機失去控制的緣故。

水上飛機又繞着小島掠過去，直到回到小島的東南面，停了下來，我們也再度看到了那架飛機，才有人叫道：「天啊！」

叫的人是兩個飛行問題專家之一。別以為那架飛機真的是插在巖石中。不是，它不是插在巖石中，而是跌在沙灘上，它幾乎沒有受到什麼損傷——我的意思是說它的一半，它的後半部幾乎沒有受到什麼損傷。那麼，它的前半部呢？它沒有前半部。

是的，在沙灘上的只是半隻飛機！

陽光照在那半隻飛機上，發出亮閃閃的銀輝，只有半隻飛機，恰好齊機翼後部斷去，像是有一柄碩大無朋的利刃，將飛機從中剁了開來一樣。

好一會，才有人打開機門，放下橡皮艇。

沒有人說話，只有我問了那兩個專家一句：「這是怎麼一回事？」

兩個專家的一個道：「可能是一股突如其來的氣流，將飛機切斷了，你應該知道高空氣流的厲害。」

我沒有再問下去，因為那專家在講這句話的時候，連他自己也露出了不相信的神色。而他的話充滿矛盾，不要說在這樣的天氣是不會有突如其來的氣流，如果有的話，半隻飛機從高空跌了下來，能夠這樣完整無損麼？能夠看來那樣安詳地在沙灘上麼？而且，飛機的前半部呢？機上的人呢？

當我踏上了橡皮艇之際，我被這一連串疑問弄得我像是踏進了一個冰箱，遍體生寒。

那不單是因為和我闊別已久的白素在這架飛機上，而是整件事情，實在太詭異了。我已知道，連同機上服務人員，在這架飛機上有八十六人，這八十六人如今都陷入了什麼境地之中？

我和泰勒首先躍上了沙灘，向前奔去，到了那半架飛機的殘骸之前，飛機尾部略陷入沙灘之中，沒有燃燒的痕迹，也沒有爆炸的痕迹，我們又迅速地繞到了飛機的前面，那時候，我們這幾個人更是沒有一個説得出話來。

從遠處看來，飛機像是被一柄巨大的利刃切成兩半，從近處來看，它簡直就是被一柄巨大的利刃所切開來的，像是果刀剖開蘋果一樣，切口平滑，絲毫也沒有捲口，所有的一切，在經過「刀口」之際，都斷成兩半！

而機艙內部則是空的，空得一無所有，沒有人，沒有椅子，沒有一切，只有空的機艙。

我們又不約而同地抬頭看天，天空碧藍，幾乎找不到一絲浮雲，我們抬頭看天的動機一樣：心中感到了極度的惶惑，所以都想看一看，在上午十一時，究竟天上產生了一種什麼樣巨大的力量，使得這架飛機變成這樣子？還有半架飛機和機上的人，又到哪裏去了呢？

根據先後兩架軍機的報告，這架飛機本來是「插」在巖石上的，現在跌下來了，它的前一半難道還「陷在」巖石中？

這是荒唐透頂的想法，但即使這樣假定，也找不到任何痕迹。

我們這些人的眼光，從碧藍的晴空，轉到了嶙峋的巖石上，巖石上何嘗有着曾被飛機「插進」過的痕迹？何況，「飛機插入巖石」，無稽之極！

那兩個飛行問題專家面色蒼白地在摸着飛機的斷口，我一直跟在他們的後面，想聽取他們兩人專家的意思，但是他們一直不出聲。

小島上靜到了極點，只有海水緩緩拍着沙灘時所產生的沙沙聲，但突然間，在我們的頭頂之上，卻響起了一種十分奇異的聲音。有點像飛機聲，但是卻又夾雜着一種「嗡嗡」聲，似乎還有人在高空大聲叫嚷，我們連忙抬頭向上看去。

可是天上卻仍然什麼也沒有，而那種聲音，也立即靜止，就像剛才根本沒有這種聲音，全是我們的錯覺。

我連忙道：「誰有望遠鏡？」

泰勒遞了一個給我，我彷彿看到有一點銀光閃了一閃，但是隨即不見。也不知道那是什麼，可能那是一架路過的飛機，可能，可能，不知怎地，我的想法變得莫名其妙，我竟想到，那可能是飛機的前半截，還在繼續飛行！

那兩個專家苦笑着：「我們怎樣作報告：一架飛機斷成了兩截，另一半不見了，只有一半完整無損？」

我指了指那半截飛機，心亂如麻：「看來你只好這樣報告了，這是事實！」

那兩個專家怔怔地站着，一言不發，這是超乎每個人知識範圍以外的事情，除了發怔以外，還有什麼事可做？

我走開了幾步，在海灘上拾起了一枚貝殼，螺的天地就在一枚貝殼之中，人類的天地呢，就在地球上，地球在整個宇宙之中，和一枚貝殼在沙灘上，有什麼分別呢？人類直到如今，連闖出地球還未曾做到，人類的知識又有什麼值得誇耀？

（一九八六年按：這個故事寫於二十多年前，人類的宇宙飛行不及今日，但今日，這句話倒也適用。）

我握着那枚貝殼，在沙灘上沉重地踱着步，泰勒他們站在沙灘上，望着全速駛來的水警輪，用無線電話告訴水警輪的指揮，水警可以不必再前來了。

本來，警方出動大批水警輪，準備來拯救傷亡者，可是如今連人影不見一個！

水警輪的速度慢下來，我道：「泰勒，留下一艘水警輪交給我指揮，我還想留在這裏繼續研究。」

泰勒答應了我的要求，他又命令道：「七〇四號水警輪，繼續向前進。」他轉過頭來，對我道：「這艘水警輪由朱守元警官指揮，他是一個十分能幹的年輕人。」

我點了點頭，我知道朱守元這個人，他曾破獲過不少海上走私案件，是一個能幹的警官。

泰勒和其餘的人匆匆地登上橡皮艇，向水上飛機划去。

小島的沙灘上，只剩下了我孤零零的一個人，那種詭異的氣氛也就更甚！

我望着那半截飛機，希望這時在機艙中突然走出一個人來，我不敢奢望那走出來的人是白素，只希望有一個人出來，告訴我究竟發生了什麼事！

我向飛機的機艙中走去，進了機艙之中，我一直向機艙的尾部走，空無所有的機艙給人進入一副棺材的感覺。

我來到了機尾部分，那裏是侍應生休息的地方，和機上調弄食品的所在，我大聲地叫着，希望有人應我，但是我卻得不到任何人的回答。

而且，我還發現，所有可以移動的東西，全沒有了，剩下的只是一個機殼，像是有一場強力的颶風，將一切可以刮走的東西，盡皆捲走了。

我頹然地在機艙中坐了下來，雙手緊緊地捧住了頭，喃喃地道：「給我一個信息，這究竟是怎麼一回事！」

我眼前突然一陣模糊，那陣模糊是由於我雙眼之中含滿了淚水之後所產生的，在朦朧中，我恍惚看到了我面前多了一個人。我陡地站了起來，我面前的確是多了一個人，但卻不是白素。

那是一個穿着十分整齊的警官，年紀輕，高額、薄唇，一看就知思想靈敏，意志堅決。

我站起來，他向我立正、行禮：「朱守元，奉上級的命令，接受你的指揮。」

我疲乏地伸出手來，和他握了一握：「歡迎你來幫助我。」

朱守元轉動着眼珠：「這究竟是怎麼一回事？」

他那種不慌不忙的態度，先使我有了好感，眼前的情景，他從來也未曾遇到過，但是他卻絕不驚惶，這表示他有着腳踏實地、一步一步去探索事實真相的非凡決心。

我搖頭道：「直到如今為止，一點眉目也沒有，一架客機，八十六個人，在良好的天氣中飛行，聯絡中斷，接着，有人看到它插在巖石上，而至我們趕到時，便是這個樣子。」

朱守元望了我半晌，突然道：「聽説，你的未婚妻正是在這架飛機上？」

我轉過頭，回答他的聲音，也變得十分生硬：「是的。」

朱守元道：「對不起，你有什麼吩咐？」

我默默地走出機艙，朱守元跟在我的後面，我向小島上指了一指：「這個島並不大，你指揮所有的人去搜索，找尋一切可能屬於這架飛機上的東西，不要錯漏。」

朱守元跑步而去，不一會，幾艘快艇，載着三五十個警員，向小島駛來，十分鐘後，這三五十個警員，已遍布小島的每一個角落。而在水警輪上，還有十來個有潛水配備的警員，正在陸續下水，在小島附近的海域搜索。

我也參加了搜索的工作，向那個山峰攀去，心中想，如果那飛機曾經停留在巖石上，那麼多少會有一點痕迹。

可是，直到攀到了山頂，仍是一點發現也沒有。

我和朱守元一起攀上山頂的，同時看到了一樣東西，在山頂一塊巖石上，那是一塊正方形的金屬塊，大小恰如一個乒乓球，在太陽光中閃着銀輝。

朱守元快步走向前去，想將那個金屬塊拿起來，可是他的手放在金屬塊上，卻並不取起來。

朱守元退後了一步，面上露出了訝異之極的神色：「衛先生，你……拿拿看。」

我伸手去取那隻金屬塊，可是也拿它不動，那麼小的一塊金屬，我竟拿不動！天下還有比這個更荒謬一點的事情麼？

我用更大的力道，但是那塊小小的金屬，卻仍然不動，於是用力去推，用的力道之大，相信那金屬塊就算是從巖石中生出來的話，我也可以連石頭一齊推倒，可是金屬塊仍是一動不動。

就在這時候，朱守元忽然叫了起來：「衛先生，你看！」

他的手指着一株松樹，樹幹上的皮被人剝去了一大片，白色的松木上寫着一行整齊的英文字：「沒有一個人可以拿得起或推得動半架飛機。」

第二部

自天降下兩個怪人

我眯着眼睛，將那行字又看了一遍，不錯，那行字是這樣寫。

然而，這又是什麼意思呢？

自然沒有一個大力士可以拿得起半架飛機，那是白痴也知道的事情，那麼，樹幹上的這一行字，又是什麼意思呢？為什麼不說「一架飛機」，卻說「半架飛機」，「半架飛機」……我只覺得天旋地轉起來，不知該如何才好。

朱守元則仔細地在察看着那些字，他看了好一會，才道：「這是用一種火燄燒上去的，衛先生，你看，這些字深入木裏，只怕經過三五百年，仍舊可以和如今看來一樣清楚！」

我吸了一口氣：「先別研究這行字是怎樣寫上去的，你得研究它是誰寫上去的，為什麼留一行字在這裏，那行字究竟是什麼意思！」

朱守元抬頭望天，而我則凝視着那一小塊金屬塊，我發覺那一小塊金屬塊似乎在搖動，我定睛看去，不錯，它是在動——會動的金屬，這究竟是什麼，我伸手去按住它，等到我按住它之後，我才知道移動的不是那塊金屬，而是承受着金屬的那塊大石，那塊大石正在慢慢地傾斜！

大石又是怎樣會傾斜呢？我後退了一步，仔細看去，只見大石在向下陷去，在石旁的浮土，因為大石的下陷而翻了起來。

看情形，像是那塊大石因為不勝重壓，所以才向下陷去的，但是大石上卻沒有什麼東西在壓着，只有那一小塊金屬，而那一小塊金屬，不過寸許見方！

朱守元也回過頭來看，看到了大石正向下陷去，他失聲道：「什麼事，地震？」

我還沒有回答，便看到那大石傾斜的勢子突然加速，倒了下來，三呎長的石根，從浮土中翻起。

而那一小塊金屬，滑下了大石，山頂上的面積十分小，它在滑下了大石之後，撞在另一塊石頭之上。

那一撞的力道，竟令到那塊石頭露出在外的部分，完全陷進了浮土中。

那一小塊金屬開始向下滾去，那麼小的一塊向下滾動之勢，卻使人感到它是一塊數十噸重的大石塊，整個山頭似乎都在震動！

我連忙奔向前去，眼看着那一小塊金屬以驚人的速度向下滾着，突然落在沙灘之上，一落到了沙灘上，立時沉下去，浮沙蓋了上來，那一小塊金屬在剎那之間，便無影無蹤了！

我仍是望着下面發呆，這塊金屬是什麼呢？它何以如此沉重？如果說它的分量，竟能令到那麼大的一塊石傾斜，那麼，它直跌下沙灘，不知要陷入多深的地底。

那時，我思緒中亂成一片：不知道那塊金屬究竟是什麼玩意兒，但是卻隱隱感覺到，這塊金屬和這次奇異得如夢一樣的飛機失事，有着一種奇妙的聯繫。我以最快的速度攀下山峰，我還可以清楚地記得那一小塊金屬的陷落地點。

我用手扒了扒浮沙，結果什麼也沒有找到，只好在這上面放上一塊石頭，作為記號。

朱守元這時也下山峰來了，沿島搜尋的人又向沙灘集合，蛙人也浮出了水面，他們的報告一致：一無所獲。

我默然無語，朱守元站在我的面前，等候着我的指示。過了好一會，我才道：「請你回去告訴泰勒，我很感謝他，同時告訴他，最好不要公開發布這次失事的真實情形，否則，很可能會引起難以估計的一場騷動。」

朱守元望着我，顯然還不很明白我的意思。

我向沙灘上那半架飛機指了一指：「你想，是什麼力量使得這架飛機忽然斷成了兩截，而飛機中的一切，包括八十六個活生生的人都消失無蹤？是外星人已開始進攻地球了？還是冷戰已變成了熱戰？如果公開了的話，敏感的人便會發出各種的揣測，便會引起混亂。」

朱守元有點無可奈何地點着頭：「好，我去傳達你的意見。」

我又道：「再請你留下一些乾糧、一個帳篷及一艘快艇，我要繼續留在這個荒島上。」

朱守元有些吃驚，他望了望那半架飛機，面上的神色更是不安：「衛先生，你一個人留在這裏，不會有什麼用處。」我苦笑道：「我也不以為有什麼用處，但是我卻需要有一個極端靜寂的環境來供我思索，暫時不想回市區去——」

我之所以要一個人留下來，是因為白素在這裏消失的原故，即使她已在空氣中消失，我留在這小島上，也可以距離她近一點！

朱守元嘆了一口氣：「如果不是有職責在身，我一定和你一起留在這裏。」

我黯然道：「謝謝你。」

朱守元照着我的吩咐，將一個帳篷及許多必需品，搬到了島上，又留下了一艘燃料充足的快艇。

水警輪走了，島上只剩下我一個人，我抱着膝，在海灘的一塊大石上坐了下來，望着那半架飛機，如果我有辦法使時光倒流，我就可以知道那架客機在飛過這個小島上空時，究竟發生過什麼事情了。這當然是夢想，除非我能以快過光的速度向後退，要不然我怎可能追回已過去的時光？

細細的浪花，拍擊着沙灘，幾隻小小的海蟹正在沙灘上忙碌地掘着洞，島上靜到了極點，我腦中亂成一片！

我呆呆地注視着海水，忽然之間，我又聽到天上有那種「嗡嗡」聲傳來，抬起頭看，天上什麼也沒有，我想那可能是一隻野蜂，然而突然間，天際出現了一點銀輝。

那一點銀輝，和我上一次聽到那種「嗡嗡」聲之後，用望遠鏡所觀察到的一樣，只不過此際，那點銀輝卻向下落來，到了有拳頭大小一團的程度。

估計它仍在一萬呎以上的高空，由於距離遠，更由於那團東西發出的光芒十分強烈，所以看不清那是什麼，我只是可以肯定那不是飛機。

在一萬呎以上高空飛行的東西，不是飛機，這使得我直跳了起來。那團銀輝閃了一閃，便不見了。

緊接着，我似乎看到有什麼東西飄了下來，但因為正迎着斜陽，看不清飄下來的究竟是什麼，用盡眼力張望着，因為長時間地注視着強光，所以眼前出現了一團團紅色綠色的幻影，我閉上了眼睛一會，然後再睜開眼。

當我睜開眼的時候，出乎我意料之外的是，沙灘上在離我不遠之處，已多了兩個人。

那令我覺得意外之極，這兩個人是怎樣來的，我一無所知，一時之間，我除了定定地望着他們之外，絕沒有別的可做！

那兩個人也望着我，他們身上穿着十分普通的衣服，只不過腰間圍着一條十分闊而厚的腰帶，有點像是子彈帶。

沙灘附近，仍然只有我那一艘快艇，這兩個人從何而來？他們衣服不濕，當然不是泅水而來，那就只有一個可能：自天而降！我又感到一陣紊亂，兩個人從天而降，看來他們不像外星人，那麼他們是什麼人呢？

我望着他們，一言不發，他們開始四面張望着，然後又望着我，其中一人終於打破了沉寂：「你是什麼人？」

我反問道：「你們是什麼人？」

那兩個人互望了一眼，那一個人又道：「這裏是什麼地方？」

我仍然不回答，反問道：「你們是怎麼來的？」

那兩個人的神色猶豫：「我們……我們是怎麼來的？我們是怎麼來的？」

聽他們的自言自語，竟像是連他們自己，也不知道怎麼來的。左邊那個比較年長的人道：「我看我們的飛船失事了。」

我更莫名其妙：「什麼飛船？」

那兩個人以一種奇異之極的目光望着我，甚至流露出恐懼的神色來：「你是什麼人？你……難道是從別的星球來的？」

我實在忍不住想大笑起來，這是什麼話？我正在懷疑他們是從別的星球上來的，他們倒懷疑起我來了，我沒好氣地道：「我當然不是從別的星球來的。」

那兩個人像十分膽怯，輕聲問我：「那麼這裏是什麼地方——我們的意思是：這裏是不是地球？太陽系中的一個行星，是不是？」

我揮了揮手：「不是地球，你們以為是什麼？是天狗星麼？」

那兩人「噢」地一聲：「是地球，我們還在地球上，你是地球人，怎麼不知道我們的飛船？你怎會不認識我們？」

我苦笑起來，這是什麼話，這兩個人其貌不揚，既不是電影明星，也不像足球健將，我憑什麼要認識他們？他們一定是十足的瘋漢！

我聳了聳肩：「我為什麼要認識你們？」

左邊的那個道：「天啊，他不認識我們，有這種人麼？你難道是不看報紙，不聽新聞？」

我大聲道：「我每天看六份報紙，你們究竟是誰？」

那兩人道：「我們是最偉大的星際飛行員，法拉齊和格勒。」

我道：「好，算我不看報紙好了！」

這兩個自稱是「偉大的星際飛行員法拉齊和格勒」的傢伙，卻不肯離去，反將我當成精神病人似地打量了起來。

法拉齊——那年輕的一個問道：「就算你不看報紙，你難道不知道飛船起飛的消息？天啊，這是地球上每一個人都在談論着的事情！」

我本來是想瞪着眼睛，將這兩個人好好訓斥一頓的，但這時候，我的心情十分亂，白素生死未卜，而那架飛機失事又如此神秘，令到我心中亂哄哄的，實在沒有心思去和這兩個人吵架。我於是不耐煩地道：「好了，算我孤陋寡聞，讓我一個人靜一靜！這裏剛剛有一架飛機失事，你們又不是看不到！」

那兩人一聽得「飛機」兩個字，才一齊抬頭，向我所指的那半截新型的噴射客機看去，只見他們的臉上，露出了極其驚愕的神色來，一齊叫道：「老天，這是什麼東西？這個小島是一個博物館？」

那個叫格勒的傢伙還指着我的鼻子笑道：「原來你是一個博物館的管理人！」

我當真想衝上前去，揮拳相向，這兩個人的行為不像瘋子，可是偏偏他們所講的話，卻只有瘋子才會講出口。

試想，一個腦神經正常的人，怎會見到了半截巨型的客機，便和「博物館」聯想在一起？

我睜大着眼望着他們，看他們可還有什麼新花樣弄出來，他們卻不再和我說什麼，只看着四周，露出十分焦急的神色。法拉齊道：「你在事前可有什麼感覺麼？」

格勒答道：「一切都很不正常，好像飛船突然向下沉了一沉，我覺得船艙中的所有儀表的指針，在剎那間都停止不動，然後，然後……」

格勒緊鎖雙眉，像是在搜索適當的字句，才道：「像是有什麼巨大的力量，將飛船納入了一個不可思議的軌道中，我記得看了一下速度計，指示線已超過了最高速度。」

法拉齊猶有餘悸地道：「不錯，飛船的外殼似乎整個不存在了，不行，我們得趕快向總部報告這些事才行，還有，我們的領航員革大鵬呢，他又到什麼地方去了？」

我開始只當格勒和法拉齊兩人是在講瘋話，可是我愈聽愈覺得他們兩人所說的事，正是空中失事，他們會不會因為失事而震驚過度，所以有些胡言亂語，將飛機說成飛船呢？

如果是這樣的話，那麼他們兩人應該是這架客機中的人了！

我心中陡地產生了一線希望，連忙踏前了一步：「你們不妨鎮靜一下，剛才你們提到什麼人？領航員革大鵬？」

我想以循循善誘的方法，引導那兩個人講出飛機失事的真相。

可是那兩人一開口，我又不禁倒抽了一口氣，他們齊聲道：「是的，革大鵬，他是亞洲人，是我們的領航員，也是最傑出的太空探險家——」兩人又稍帶委曲地道：「你知道革大鵬，也應該知道我們，我們三位是不可分割的太空探險拍檔！」

我心中在暗罵，孫子王八蛋聽過他媽的革大鵬的名字，但是為了在這兩人的口中套出真相來，我卻不得不陪着笑：「我記起來了，你們的確是偉大的宇宙飛行員！」

那兩人的虛榮心像是得到滿足，咧開了嘴，笑了一下，看來他們十分高興，我連忙問道：「你們的飛船中人很多，一個叫白素的美麗中國小姐，如今怎樣了？」

當我問這一個問題的時候，我的心中實在緊張之極，因為如果這兩個傢伙說上一聲：「白素麼？她已經跌死了。」的話，那我就等於墮進黑獄中，永世不得超生了。

可是這兩人不回答我，卻瞪了我一會，才互相低聲交談起來，法拉齊道：「奇怪，這種古老的病症如今居然還有？」

格勒也道：「是啊，高頻率電波可以輕而易舉地使腦神經恢復正常，他為什麼不去接受那種簡單的治療，卻一個人在荒島上呢——咦，這個島，法拉齊，你不覺得這個島也不很對勁麼？」

法拉齊道：「島倒沒有什麼，只是這個人——」

他們低聲在議論着我，不禁使我忍無可忍，我大聲道：「我這個人怎麼樣？」

格勒也大聲道：「朋友，你有神經病，你的腦神經不健全——」他一面說，一面還用力以手指戳着他自己的腦子。唯恐我不明白腦神經在什麼地方：「你為什麼不肯去接受簡單的電波治療？」

這兩個人毫無疑問是瘋了——我在聽了格勒的狂叫之後，就這樣斷定，他們可能因為飛機失事之後，受了驚恐而成為瘋子的，我想知道飛機失事的真相，自然要先使他們的神經恢復正常才是。

我並不發怒，只是笑了笑：「高頻率的電波可以治癒神經分裂？這是誰發明的？」我要向他們不斷發問，問得他們難以自圓其說，他們便會發現自己在胡言亂語——這便是我使他們恢復清醒的方法。

「誰發明的？」兩人一齊高叫了起來：「這個你也不知道麼？看來你的記憶完全失去了，你的『個人電腦』呢？為什麼你不通過你的『個人電腦』來幫助恢復記憶？唉，高頻率電波操縱人體神經的方法是誰發明的，虧你問得出來，你這問題等於是叫一個小學生——」

當他們講到這裏的時候，我想他們要說的一定是「等於問小學生二加二等於多少。」可是他們卻不是這樣說，他們的話，令到我目瞪口呆，他們這樣道：「你這問題，等於叫小學生解六次代數方程式一樣，有誰答不上來？」

我真想伸手在他們兩人的額角上按上一按，看看他們是不是在發高熱！

如果不是他們一上來便自稱是地球人，事情發展到這個地步，我實在是不能不將他們當作外星人。

我自認不能使他們恢復正常，但認定他們是失事飛機中的人，我不能使他們恢復正常，但神經病專家總可以的，我要讓他們去接受治療，首先要使他們回市區去。

我又忍住了氣，向他們笑了笑：「你們要不要跟我到市區去？」

格勒瞪了我一眼，不理睬我，從他的衣袋中，取出一個如同打火機似的東西，拉出了一根天線。

那根天線閃閃生光，不知道是什麼金屬鑄成，他伸指在那東西的一個鍵盤上按了幾下，直到發出「的的」之聲，然後，他對着那東西道：「星際航空總部！星際航空總部！」

他叫了兩聲，面上露出十分詫異的神色。

而在這時候，我的詫異也到了頂點！

格勒手中的那東西，分明是一具極其精巧的遠距離無線電通話器，那東西之精巧細緻，是我從來未曾見過的！

（一九八六年按：這種無線電話現在已相當普遍，雖然體積還沒有那麼小，但肯定二十年後，就一定沒有不同了。）

那樣看來，他們兩人不止是瘋子那樣簡單。

就在我心中充滿了疑竇之際，格勒道：「法拉齊，我的通話器壞了，試試你的！」

法拉齊也取出了一個同樣的東西來，他口中所叫的，也是「星際航空總指揮部」，可是叫了幾聲之後，他面色也不怎麼好看。他道：「怪事，怪事，怎會不能和總部聯絡了？」

我走向前去，伸出手來：「那東西……給我看看。」我想他們不會答應我的，但是法拉齊竟毫不考慮地便將那東西交到了我的手中。

那東西只不過一吋寬、兩吋高，半寸厚，但是上面卻有着七八個儀表，還有許多刻度盤和指針，看得我眼花繚亂，莫名所以。

我雖然不知道那究竟是什麼，和它的用途、用法，但可以肯定的是：如果不是工業極之發達的國家，萬難製造出這樣的東西來。

我不禁問：「請問，你們是什麼國家的公民？」

法拉齊和格勒兩人望着我：「你說什麼？」

我問道：「你們是屬於哪一個國家的？」他們一齊將「國家」兩個字唸了好幾遍，面上忽然露出驚恐的神色，向後退開了幾步，就像我是什麼怪物一樣，兩人後退了幾步之後，又互望了一眼，格勒才道：「你……肯和我們一起到有人的地方去麼？」

我連忙道：「當然可以，你們可以和我一起，乘這小船到K港去，這是離這裏最近的一個城市。」

法拉齊和格勒兩人，隨我所指，向停泊在海灘的快艇看去。

那是警方配備的特快快艇，性能十分佳，可以說是最新科學的結晶。但是那兩人看了，卻像是看到了非洲人用的獨木舟一樣，嚷道：「天啊，你從哪裏弄來這些老古董的？」

我驚訝道：「老古董，你這是什麼意思？」

格勒道：「我猜這是一艘螺旋槳發動的船隻，是不是？那還不是老古董麼？」

我雙手交放在胸前，道：「好，那我很想知道，最新的船是什麼？」

法拉齊高舉雙手，表情十足：「你沒有見過麼？那是『渦流船』，是繼『氣墊船』之後的產物。」

我瞪大了眼睛望着他們兩人，我實在想看清楚是怎樣的人，但看來看去，他們和我一樣，可是他們的説話，為什麼那樣奇怪？

為什麼在他們的口中，小學生會解六次代數方程式是絕不奇怪的事情？又為什麼目前正在研究，還未曾普遍推行的「氣墊船」，在他們的口中已經變成落伍，而代之以我從來也沒有聽過的「渦流船」了呢？

（一九八六年按：氣墊船如今普遍之極！）

法拉齊看到了我那種莫名其妙的神氣，不耐煩地道：「渦流船是利用海水或河水流動時所產生的能量作為發動力的，它可以無休止地航行，那比起用原子能來發動，又省時得多了。」

我又呆了好一會，才道：「抱歉得很，你們所説的這種船，我還是第一次聽到，你們如果要到有人的地方去，那只好坐這艘船！」

格勒笑道：「那也好，可以發思古之幽情，倒也不錯。」

法拉齊皺着雙眉：「格勒，你太樂觀了，我覺得事情十分不對勁，你想，我們無緣無故地離開了飛船，卻又碰到了這個怪人——」

我連忙更正：「我不怪，你們才是怪人！」

法拉齊笑道：「那是相對的，好吧，我們就和你一起到有人的地方去，K港的新聞記者要交好運了，我們竟會在飛船飛行之後，不飛出太陽系去，而到了K港，我相信一小時後，全世界的新聞記者，都要向我們作大包圍。」

格勒拍了拍我的肩頭：「朋友，那時候，你也會變成風頭人物。」

和這樣的兩個瘋子在一起坐小艇，實在使人有點不寒而慄，但是我除了硬着頭皮將他們帶回去之外，卻又沒有別的辦法可想。

我們上了小艇，兩人饒有興趣地看我發動小艇後，小艇向前飛駛而去，船首濺起連串水花，速度之快，令人有頭昏目眩之感。

可是格勒卻嘆了一口氣：「老天，這艘船一定是蝸牛號，它的速度竟如此慢！」

我想要反唇相譏幾句，恰好在此際，一陣飛機聲傳了過來。

七架噴射式軍用飛機在我們的頭上掠過，留下了七條長長的白煙。人類竟能創出這樣的東西，這實是難得的事。

法拉齊和格勒兩人，在聽到聲音之後，也抬頭向上看去，可是他們一看，面色就變了。

第三部

時光倒流一百年

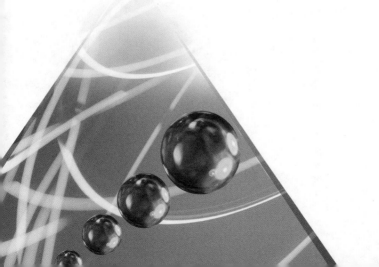

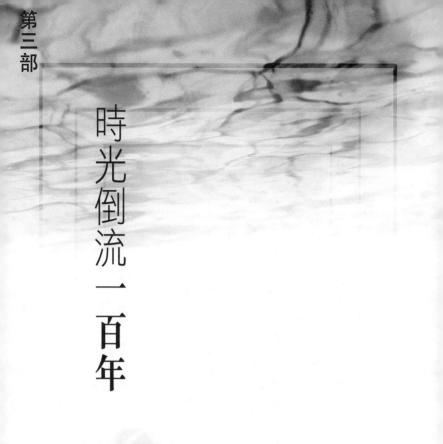

他們面色變得如此難看，呆住了一聲不發，我連忙道：「你們是否想起飛機失事的情形？」

但是兩人就像完全沒聽到我的說話一樣，他們齊聲叫道：「天啊，這是什麼？」

我連忙道：「我不相信你們未曾見過飛機。」

格勒叫道：「這樣的飛機，居然是有翼的。」

我實在忍不住了，倏地站起來，小艇因之晃了一晃，幾乎翻轉：「你們兩人少說些瘋話好不好？飛機沒有翼，那什麼才有？」

法拉齊和格勒兩人一起望着我，他們的面色十分嚴肅，而且毫不瘋狂，好一會兒後，法拉齊才道：「飛機的雙翼，朋友，早已淘汰了。」

我冷笑道：「什麼時候淘汰的？」

法拉齊道：「是圓形飛船和茄形飛船興起的時候，有翼的飛機，因為速度上的致命缺點，而遭到了自然的淘汰，已很多年了。」

我索性和他們弄個明白：「那麼，已多少年了？」

法拉齊道：「大約有四十多年了。」

我大聲道：「你們兩個渾蛋！四十多年之前，飛機還只是在雛型的發展階段，是兩層翼翅，要人推着才能飛上天空的東西。」

格勒和法拉齊兩人互望了一眼，格勒顯得十分心平氣和地道：「我想我們之間有一點誤會，你所說的那種飛機我們也知道，那是公元一九二〇年左右的東西，對不對，朋友？」

法拉齊和格勒兩人，總算講了一句較為清醒的話了！

我吐了一口氣，道：「是，那是一九二〇年左右的事情，到了第一次世界大戰結束的時候，飛機突飛猛進，在第二次世界大戰之後，飛機的發展更是驚人，甚至有了可以飛出地心吸力的X——五五型的飛機，是不是？」

格勒點頭道：「對，你說的對。」

我也心平氣和地道：「好，那麼請你告訴我，有翼飛機被淘汰，是什麼時候的事情？」

我以為我的這個問題，一定可以難倒他們，而令他們的頭腦從此清醒。

卻料不到法拉齊竟毫不考慮道：「四十多年以前，大約是公元二〇二〇年左右，因為有翼飛機的速度無法突破音速的四倍，所以被淘汰了。」

我當真忍不住要大聲叱責起來，但是我仍強忍着：「那麼，如今是公元幾年？」

法拉齊和格勒兩人互望了一眼：「朋友，我們的忍耐有個限度，如果你連自己活在什麼年份都不知道，那麼你就大有問題了。」

法拉齊和格勒齊聲道：「我們可以告訴你，如今是公元二〇六四年，也就是說，當那個偉大的嬰孩在馬槽中出生到如今，已經兩千零六十四年了。」

他們兩人講得十分正經，公元二〇六四年，哈哈，我認真想大笑起來，然而在那一瞬之間，我突然有了一個極其荒謬的念頭，那一瞬間所產生的想法，令到我的手猛地一震。

快艇是由我操縱的，我的手一震時，快艇猛地一個轉彎，幾乎傾覆，我連忙關閉了快艇的引擎，喘了一口氣，法拉齊和格勒兩人齊聲道：「喂，你究竟是在搞什麼鬼！」

我在一時之間，竟然講不出話來，我先揮了揮手，意思是叫他們不要激動，我對他們是沒有惡意的。兩人居然明白了我手勢的意思，不再作聲。

我深深地吸了一口氣，道：「看來我們真有誤會了，我絕對相信你們的神經正常。」

他們笑道：「笑話，我們以為你是神經漢呢？」

我又道：「你們所說公元二〇六四年，可是，先生，據我所知，我是活在一九六四年，我們相差了一百年。」法拉齊和格勒兩人，乍聽我的話後，不免露出驚愕的神色。

但是，他們隨即大笑起來，笑得前仰後合，令快艇左搖右擺。格勒一手捧着肚子，一手拍着我：「你的話實在太滑稽、太好笑了！」

我卻苦笑着：「你們明白了真相之後，或者不覺得好笑，你們是二〇六四年的人，但是現在卻是一九六四年，你們回來了，不知道是什麼力量將你們拉到倒退了一百年前，你們明白麼？整整一百年！」

（一九八六年按：這個故事寫在一九六四年，距今二十二年，時間的超越和倒流，一直是幻想故事的好題材，至今不衰。）

由於我說得十分緩慢，十分正經，所以法拉齊和格勒兩人的笑聲止住了，但是他們兩人的神情，仍然十分滑稽。

格勒像是竭力想說兩句輕鬆一些的笑話，他聳了聳肩，又十分勉強地笑了一笑：「那麼你又怎知道，不是你自己超越了一百年時間？」

我道：「我但願是這樣，但事實卻不是，我們現在所坐的快艇，是最現代化的交通工具。『氣墊船』還在研究之中，至於『渦流船』，那還在人類知識範圍之外，最能幹的科學家，也還未曾想到這一點。你們剛才看到的飛機，是最新式的飛機，至於無翼飛機，現在，一九六四年，還是研究室中的圖樣！」

法拉齊和格勒的面色漸漸蒼白，我不再發動引擎，任由快艇在海面上飄着，兩人呆了好一會，才道：「這太無稽了！時間可以由速度來控制，但是要有比光快的速度，朋友，人類還未曾找到快過光速的任何可能！」

我苦笑道：「我不管是否有快過光速的可能，但是你們是被一種比光速更快的速度，倒捲回一百年來了，那恰好是地球環繞太陽的一百轉。或者是地球忽然之間不轉了，或者是太陽忽然飛快地轉了一百轉，抵消了地球繞它的一百轉……」

我自己也是愈說愈糊塗了，時間、速度的相對關係，實在還不是我們這一代所能弄得清楚的。

格勒道：「照你那樣說，那麼你又為什麼不回到一八六四年去呢？」

我幾乎跳了起來，我回到一八六四年去？不，這太可怕了，這和我到了另一個星球上有什麼分別？在這時候，我看到了法拉齊和格勒兩人蒼白得可怕的面色，我也明白他們心中的恐懼到了什麼程度。

我連忙道：「或者我說的不是事實，你看，你們兩人的服裝，不是和我的沒有什麼分別麼？」

格勒和法拉齊兩人的面色更難看了，法拉齊道：「在二〇一〇年左右，人類開始認識到在服裝上變花樣是十分愚蠢的事，因為那花費許多精神和人力，阻礙科學進步，所以自此之後，衣服的樣式，實際上沒有改變過，但是質地卻不同了——」

我伸手去摸他們身上的衣服，那是我從來也未曾見過的一種輕軟的料子所製，這種料子的溫度，和體溫完全一樣，是以當我的手指摸上去的時候，我甚至像是感覺不到它的存在。

穿這種料子製成的衣服當然十分舒服，然而那時，我鬆開了手之後，卻呆住了一句話也講不出來。

我在那一瞬間想到「荒謬」的念頭，竟然並不荒謬，當我想到那是荒謬的時候，我已經夠吃驚的了，但如今這居然是實實在在的，兩個一百年之後的人，不知道被什麼力量帶回來，就在我的身邊，我實在沒有法子不發抖，不自覺地發冷！

這兩個人和我大不相同，他們甚至不知道有國家——在二〇六四年，一定沒有國家（世界大同實現了？），我腦中亂到了極點，我們三個人，誰也不出聲，沒有人想開口。

好一會兒後，我才道：「你們……還想到市區去？我的意思是，你們能夠在……」我覺得難以措辭，猶豫了半晌，才繼續道：「你們能夠習慣……一百年之前的生活？」

法拉齊和格勒互望了一眼，又呆了片刻，格勒才道：「我們在歷史上知道，一百年之前的世界，十分混亂？」

我點頭道：「不錯，夠混亂的。」

法拉齊望着我：「我們不知道你是什麼人，但看來你願意幫助我們。」

我苦笑了一下：「可以那麼説。」

格勒道：「我希望你不要將我們的身分透露出去，你能答應麼？」

我望了他們半晌：「我想這很容易，因為你們的外型，看來和現在的人沒有什麼分別，人們絕不會起疑心，你們可以習慣——」

法拉齊道：「我們要回去！」

我攤了攤手：「你們沒有離開地球，在原來的地方，又怎説得上『回去』呢？」

法拉齊道：「你明白，我也明白，我的意思是我們要回到我們生活的年代去。」

我望着茫茫的大海：「我看不出你們有什麼可能回到一百年之後去，你們……將一天一天地過日子，要到你們出生的年份，只怕你們早已死了！……」

「要到你們出生的年份，只怕你們早已死了」這句話，聽來是何等有悖常理？但是人類的常理，本是建立在速度、時間相對不變的關係之上。

如今，不知道一種什麼力量，已打破了數百億年來這種速度和時間的關係，那還有什麼常理可言？

法拉齊和格勒又不出聲，過了許久，他們才無力地道：「我們會盡量尋求方法的，我們的飛船，我相信還在，我們的領航員革大鵬，是極其傑出的科學家，他或者會有辦法。」

如果忽然之間，我發覺自己在一百年之前，最希望的是什麼？當然是回到自己的年代！而且我也不能肯定他們沒有法子「回去」，他們不是「來了」麼？

法拉齊和格勒兩人，似乎還存着一線希望，希望我所說的不是事實，然而，當快艇漸漸駛進市區的時候，他們絕望了。

他們首先看到了來往的船隻，當然全是螺旋槳發動的船，沒有一艘「氣墊船」，更不要說什麼「渦流船」了。他們面如死灰，一言不發。

等到我們的小艇漸漸駛近碼頭的時候，他們兩人睜大了眼睛，望着近碼頭處來往的車子，他們不由自主地嘆了一口氣。

我安慰他們：「你們不必難過，你們的外型和我們完全一樣——實際上，我們根本同是地球人，只要你們不自我暴露身分，我會替你們保守秘密。」

法拉齊和格勒兩人互望了一眼，都哭喪着臉：「可是……我們的家人呢？他們……在什麼地方？我們還能與他們見面麼？」

我感到一陣莫名的惘然，這絕不是我們這一代人的知識所能了解的事。不要說我們這一代，連法拉齊和格勒這兩個一百年以後的人，也不能了解，因為他們曾說，人類還未曾知道一種速度超越光速，那就是說，實則上不能使時光倒流，然而，他們卻倒退了一百年之久，那是一種什麼力量，使他們這樣的呢？

他們剛才問及，他們的親人在哪裏，他們的親人，當然應該在地球上，但是由於時間的不同，他們的親人大都要在六七十年，甚至八九十年之後，方始出世，就連他們自己，照理也要在七八十年之後方始出世！

這多麼令人茫然難解，我愈想愈亂，法拉齊和格勒兩人當然也是一樣地心情紊亂，所以我只得安慰他們，因為我的處境，比起他們要好得多了。我道：「我想你們不必失望，你們既然是被一種神秘力量帶回來，那麼，只要找到了這種神秘力量，就可回去了。」

兩人喃喃地道：「但願如此！」

這時，小艇已經靠岸了，有兩艘水警輪停泊在碼頭上，一個警官見到了我，和我打一個招呼：「衛先生，傑克中校等着你。」

我答道：「非常對不起，我有十分要緊的事情，不能和他相晤，請你轉告他，這艘快艇是朱守元警官借給我的，請代我還他。」

那警官答應了一聲，我和法拉齊、格勒一起上了的士，直至我家的門口，才停下來。我按門鈴，老蔡面無人色地來開門，他見到了我，張大了口，說不出話來。

看到了他驚惶的樣子，我也不禁陡地一怔：「你怎麼了？老蔡。」

老蔡啞着聲音道：「我已經知道了，白小姐所坐的那班飛機……收音機說這架飛機已經失事……一個人都沒有生還。」

遇見了法拉齊和格勒兩個人之後，因為那種超乎知識範疇之外的特殊奇幻之感，使我置身於如同夢魘似的境界之中，暫時忘記了白素。

而如今，老蔡的話像是利劍一樣，刺入了我的胸膛，我想起了白素的美麗、溫柔、勇敢、機智和她的超群的武術造詣，以及一切可愛之處，我頹然坐在沙發上，不知以後的日子該怎麼過。

在過去的許多日子中，白素雖然不在我的身邊，但是憑着通訊和熟人的傳遞消息，我總是可以知道她在何處和做什麼。

就算她在亞洲最神秘的地區那一段時期，我得不到她的信息，但我也可以知道憑她的機智勇敢，足可以化險為夷。

然而，如今她在哪裏呢？

我無法回答自己這個問題，我腦中也只覺得一片空白，瞪着眼，只覺得眼前的幾個人，人影漸漸模糊了起來。直到法拉齊和格勒忽然發出了一下尖叫聲，我才陡地站起來。

格勒連忙過來扶住了我：「你的面色太難看了，你……你可不能出事啊，我們……我們……」

我明白了他的意思，他們闖進了一個只是在歷史上讀過，完全陌生的境界之中。我是他們唯一的依靠！

我苦笑了一下：「你們不必為我擔心，我……沒事。」

法拉齊道：「朋友，你遇到了什麼困難？或者我們可以幫你解決！」

我心中一動，連忙道：「對了，我正想向你們請教，請你們仔細地聽我的經過，然後給我一個正確的答案，別打斷我的話頭。」

我吩咐老蔡倒三杯酒來——這時我們三人都需要酒。

於是，我開始詳細地描述這次飛機失事，我深信他們能夠知道這次飛機失事的原因，因為他們是一百年之後的人，人類科學的進步，以幾何級數進行，往後一百年的進步幅度，至少相等於過去的幾千年！所以我講述得十分詳細。

他們兩人一直沒有插言，直至我講到在小島頂峰上，發現了一小塊方形的金屬和樹上的留字之後，法拉齊才道：「那是半架飛機。」

我停了下來，望着法拉齊。

法拉齊答道：「那的確是半架飛機，你拿不動，將大石壓得傾斜，向下滾去，陷入沙灘之中不見的那小塊金屬，就是半架飛機。」

我仍然睜大了眼睛，望着他，因為我全然不明白他在説些什麼。

而在這時候，格勒則低呼了一聲：「天，這是怎麼一回事？我認為這是革大鵬所做的事！」

革大鵬——我總算聽懂了這個名字，而且我還記得這個名字，那是他們的領航員，一個在他們那個時代，也是十分傑出的科學家。

法拉齊接着點了點頭：「我看也有點像，壓縮原子和原子之間的空間，這正是他和幾位科學家一齊研究的。」

我連忙道：「怎麼一回事，什麼事是革大鵬做的？」

格勒年紀較長，講話也比較慎重一些，他想了一想，才道：「如今我們也說不出所以然來，但據我猜想，那飛機中的人一定全都活着。」

我呆了一呆，心中想舒一口氣，但是我立即又想到：就算格勒的話有根據，那些人都活着，那麼他們是活在什麼時代呢？是活在一百年後，還是一百年前？如果白素沒有遇到什麼災難，只是我們之間的時間，忽然相差了一百年，那和她死了又有什麼不一樣？

本來我是想大大地舒一口氣的，但是想到這一點，便難以出聲了。

法拉齊陡地站了起來：「格勒，我明白了，那全是革大鵬的把戲，他一定秘密成功研究了使時間倒流的一種方法——」

他的話沒有講完，便搖了搖頭：「這似乎不可能，即使他成功了，為什麼要拋棄我們？」

法拉齊和格勒兩人的話，令我愈聽愈糊塗，我先不去理會什麼革大鵬，我只是關心那架飛機，我道：「你們憑什麼肯定那架飛機上的人都活着？」

格勒搓了搓手：「那應該從頭說起，首先，這次飛機失事，我們……假定是一件人為的事件。」

我又問道：「人為的，是誰？」

格勒又道：「我們假定是革大鵬，我們飛船的領航員，因為他是原子空間問題的權威，你知道什麼叫作原子空間麼？」

我道：「顧名思義，當然是物質的原子與原子之間的空隙。」

格勒道：「是的，嗯！……在你們的年代中，一般認為水是不能被壓縮的，但是實際上，水是液體，在水原子之間，有着極大的空隙，所以水才是液體。如果將一滴水放大幾億倍，那麼就可以看到，一滴水和一堆黃豆一樣，每一粒豆，就是一個水原子，原子和原子之間，有着空隙——」

他講到這裏，略頓了一頓，道：「當然，我這個一堆黃豆的比喻，是不怎麼好的，因為事實上，水原子之間的空隙，大得十分驚人，一立方公分，也就是一ＣＣ的水，如果是在正常的情形之下，是千分之一公斤，也就是一克重，可是你知道，如果這一ＣＣ水的水原子之間的空隙被抽去，原子和原子之間，一點空隙也沒有，緊緊地擠在一起，那麼這一ＣＣ的水有多重？」

我聽得目瞪口呆，只好反問了一句，道：「有多重？」

法拉齊接口道：「一萬公斤。一滴水，就那麼重。」

我呆了好一會，才道：「那麼……你的意思是說，我所看到的那一小塊金屬，是……半架飛機……的物質，它們原子與原子的空隙消失了結果麼？」

兩人點了一點頭：「是。」

我仍是莫名其妙，在我的心中，有着太多的疑問，我又道：「那麼，飛機上的人呢？」

法拉齊道：「我們如今只是猜測，我們估計，機上的人，大約是在飛機失事之前被弄走了，不在機中——」

我愈聽愈糊塗，忍不住插言道：「弄走了？弄到什麼地方去了？」

法拉齊攤了攤手：「我們只是估計，當飛機撞向那小島的巖石時，事實上只有半架，它的前一半已被另一種力量壓縮成一小塊，而兩架軍機在空中飛過，看到那架飛機『插』在岩石中，那可能是飛機剛撞上巖石的一剎間，而不是真的插進了巖石。」

我將他們兩人前後所說過的話，一齊細想了一遍，我覺得他們雖然未曾明言，但是可以聽得出一切事情！空中擄人，將飛機的前半壓縮成一小塊，將飛機的後半留在沙灘上——全是他們的領航員革大鵬所為。我想了好一會，才問道：「造成這一切的，全是那個叫革大鵬的人，是不是？」

法拉齊和格勒並沒有回答，只是嘆了一口氣。

就在此際，只聽到他們兩人的身上，同時發出了一陣極其清脆的「滴滴」聲。

兩人「啊」地一聲歡呼，一齊取出了那個打火機般大小的通訊器，將一個小小的按鈕按了下去，立時聽到一把十分粗豪的聲音道：「法拉齊，格勒！」

那粗豪的聲音立時再度傳出，打斷了他們的話頭，道：「由於遇到了一些意外，所以我與你們失去了聯絡，你們也離開了飛船，如今飛船停在五萬一千呎的空中，你們的個人飛行帶能夠達到這高度麼？」

格勒叫道：「不能夠，可是，領航員，我們——」

他的話未能講完，那粗豪的聲音又道：「那你們盡量飛高，我在探到了你們的所在之後，派子船接你們回來。」

兩人大聲叫道：「領航員，我們……我們到了一九六四年，你……知道麼？」

革大鵬——那粗豪的聲音當然是革大鵬所發出的——沉聲道：「我知道，我有話對你們說。」

格勒向我望來：「對不起，衛先生，我們的領航員會有辦法，我們要去和他會合了。」

我連忙叫道：「喂，飛機上的人在哪裏？」

我不知道我的叫聲，革大鵬是否聽到，而格勒和法拉齊已經向外走去，這時天色已經十分昏暗，他們兩人直奔到門口，圍在他們腰際的那條帶子，突然發出了「嗤」的一聲響，我只看到他們從衣領上翻起了一個罩子，罩在頭上。

接着，這兩個人便以一種我從來也未曾見過的高速，向上升去，一剎那間，便不見了。

在他們兩人向上飛去之際，我曾企圖衝向前去，抱住其中一人，我的動作十分快，而且距離他們十分近，可是我那一抱，卻沒有成功。

當我再抬起頭來時，夜空暗沉，哪裏有什麼人？

而如果我這時對人說，剛才我和兩個一百年後的人在對話，而他們如今飛向天空去了，那麼，任何人都要將我當作瘋子！

我將自己埋在一張古老的沙發中，雙手捧着頭，苦苦地思索着。由於法拉齊和格勒突然離去，以致使我懷疑他們兩人有否曾在我面前出現過。

兩個一百年以後的人！那難道是我在看到了飛機失事之後，想到白素存亡未卜時的幻覺麼？

我猛烈地搖着頭，想使自己清醒些，思想可以集中一些，我突然看到，在我對面的沙發中，坐着一個人，那人正望着我！

我定睛望着他，那是一個四十歲左右，皮膚黝黑的方臉中年人，其目光十分銳利，鼻尖鈎形，像是鷹喙。

他正目光灼灼地望着我，我眨了眨眼睛，那人仍坐在我的面前，他是怎麼來的？門關着，我顯然未曾站起來替他開過門，老蔡又出去了。他是什麼人？

我還未曾開口，那人便向我笑了一笑：「衛先生，我來自我介紹，我是革大鵬，我——嗯，可以說是中國人，我是在蒙古戈壁大運河附近出世的。」

革大鵬，「戈壁大運河」，我只知道蒙古有大戈壁沙漠，所謂運河，當然是一百年之後的事情。一百年之後，如果人還不能將沙漠改變為綠洲，那反而太奇怪了。

那麼，這個革大鵬，他就是那艘什麼飛船的領航人，那個一百年之後的傑出科學家！

第四部

「百年後超人」

他正在我的面前，絕非是一個幻影，由此可知，法拉齊和格勒也是實在的，並不是我的幻覺。我望着他，一句話也講不出來。

我看到他站了起來，饒有興趣地向我屋中的陳設打量着，從咖啡几上拿起一具噴氣式的打火機，「拍」地打着了火，又「哈哈」地笑了起來：「我們的會面，十分難得！如果不是宇宙忽然神經病發作，我們怎麼有可能相見？要知道我們之間，足足相差了一百年！」

足足相差了一百年！那就是說，革大鵬什麼都知道，他知道自己回到了一百年之前。（在這裏，用「回到」這個動詞，實在是不十分妥切的，因為他所在的地點不變，只不過時間卻倒流了，他實在沒有動過，但是除了「回到」這個動詞之外，又想不出別的詞句。）

他對自己的處境知道得十分清楚，那麼，他又為什麼不像法拉齊和格勒那樣，大驚失色？何以他還顯得如此高興呢？

我語音乾澀，勉強開了口，問道：「那……你高興這樣？」

我也不知道何以我什麼都不問，會問出這樣一句話來的。人在極度的慌亂之中，所講的話有時不免會可笑。但革大鵬卻得意地點了點頭。

我緩緩地道：「你……你和他們兩人不同。」

革大鵬道：「不錯，我和他們不同，你可知道我們的飛行，對他們兩人來說是一種榮耀，但對我來說，卻是一種懲罰！」

我一點也不明白他的意思，他揮着手，神情顯得相當激動：「我是一個最偉大的科學家，我要研究太陽，利用太陽中無窮無盡的能量來供我們使用，但是另一班昏庸的所謂科學家卻不准我去碰太陽，他們將我貶到火星上去建立基地，這對我來說，不是懲罰麼？」

我有點明白了，即使過了一百年，科學已進步到了我們這一代人，根本難以想像的地步，但是人性卻還和如今一樣。

革大鵬當然是一個野心勃勃的人，我不相信他所說的事情是那麼簡單，但是他不容於群，那卻是事實，而且我可以肯定他在那次往火星的飛行中，弄了什麼把戲，要不然，也不會回到我們這一時代來了。

我平靜地問他：「我明白了，你在飛行中玩了花樣，是不是？」

革大鵬走近幾步，俯身看我，目光炯炯：「是的，我準備了一套假的飛行儀表，使法拉齊和格勒這兩個傻瓜，以為在往火星飛行，實際上，我們是飛向太陽，我要堅持我的主張！」

我攤了攤手：「可是，那又是怎麼一回事，你們怎麼會忽然又……又回到了你們祖先的時代呢？這不是你故意的麼？」

革大鵬呵呵地笑了起來：「我也不知道這是怎麼一回事，但是既來之，則安之，你說是不是？」我在革大鵬得意的神態之中，突然感到了一陣異樣的恐懼。

這個人，他和法拉齊和格勒不同，他們兩人發現自己到了一百年之前，便面色蒼白，心情慌亂，然而革大鵬卻興高采烈。那是為了什麼？

答案實在簡單之極：因為他在我們這個時代中，是一個真正的超人。

那情形就像我忽然帶了一個坦克師團回到了一百年之前，有誰能抵擋到我？如今，革大鵬一定想到了這一點！

一時之間，我不知該如何才好。革大鵬一直在笑着：「當突然之間，我發覺飛船又回到了地球的上空之際，我也不禁呆了一呆，還以為他們在太陽的附近設下了障礙，不讓我去利用太陽的能量——」

當革大鵬講到這裏的時候，我不禁又感到了一股寒意，我明白了，革大鵬想要控制太陽的能量，也不懷好意！

所以，他才會想到，他們——別的科學家——在太陽的附近設下了障礙。

革大鵬又道：「我降低飛船，才發現我的處境，那時，法拉齊和格勒兩人，因為那一下突如其來的震盪，而在昏迷狀態之中，我看到了那架古老的飛機，於是——」

我陡地跳了起來：「那架飛機，你將那架飛機怎樣了？你說，你將飛機上的人怎樣了？」

我雙手按在他的肩頭之上，他目光嚴厲地望着我：「坐下，聽我說！」

老實說，我是一個天不怕地不怕的人，革大鵬的目光，令到我不由自主地後退了一步，那並不是懾於他的目光，而是想到他是一個一百年之後的人，心中產生了一種十分怪異而難以形容的感覺，導致有這個反應。

但是，我立即又興起了一種可以說是十分可笑的感覺：不錯，他是一百年之後的人，但是那有什麼了不起？算起來，我無論如何也是他的祖先！

我重新踏前一步：「你將飛機上的人怎麼了？」

革大鵬又厲聲斥道：「坐下，你給我坐下！」

我冷冷地道：「革先生，你是一百年之後的人，怎能對老前輩這樣無禮！」

革大鵬怔了一怔，忽然「哈哈」笑了起來，他陡地揚起手，向我的臉上摑來。

我早已看出他不懷好意，不等他的手揚起，五指一翻，便向他的手腕抓去，那是「外擒拿法」中的一式「反刁金龍」，自然十拿九穩。

我五指一緊，已將他的手腕抓住。然而也就在我五指一緊之際，一陣觸電似的震動，傳入了我的體內，不但使我的五指彈了開來，而且令我整個人也彈了起來，跌在沙發中。我這個「祖先」，終於坐了下來。

倒在沙發中，全身如同被麻醉了一樣，好一會兒後，才勉強牽了牽身，革大鵬冷冷地道：「你肯坐下，那就好得多了。」

我翻着眼，一句話也講不出來。

革大鵬道：「飛機上的人都還在。」

他只講了一句話，我已經舒了一口氣。

革大鵬又道：「我使飛機在半空中停下來，將機上的人全部接下，然後，使飛機的前一半，壓縮成一小塊，再令半隻飛機撞向一個小島。這是我初次示威，向你們這群老古董示威。」

我的耳際「嗡嗡」作響，因為我的猜測已經得到證實。

革大鵬道：「在飛船上，每一個人都很合作，只有一個女子，卻給我麻煩，她叫白素。」

我再度跳了起來，狂吼道：「你將她怎麼了？你……你若是虐待了她，我絕不會放過你！」我的面色鐵青，聲音也變得出奇的尖銳。

白素的性格，我自然知道，革大鵬可以使任何人屈服（包括我在內），但是他若是想令白素也屈服的話，那是絕無可能。

那麼，他將白素怎樣了呢？我一想到這裏，自然而然聲音就變得尖銳起來。

可惡的革大鵬卻只是望着我，並不出聲，我俯身前去，想將他抓住，但是他卻冷冷地道：「小心些，高頻率的電波會令你喪命！」

我想起了剛才抓住他的時候所引起的那種如觸電似的感覺，便不由自主地縮回手。

革大鵬奸笑了一下——一百年後，人類在科學上的進步，顯然已到了我們這一代人所無法想像的地步，但是人心卻依然一樣險惡，革大鵬的那種奸笑，令我為之毛髮直豎。

他一面奸笑，一面道：「別緊張，她沒有什麼，我只不過給了她一點小小的懲戒。」

我聽到這裏，已經忍無可忍了。但是我卻反而鎮定下來，我坐了下來。我所坐的那張安樂椅，是我最常坐的一張，這幾年來的冒險生活，使我要應付各種各樣的不速之客，所以在這張椅子上，我也有一些小小的機關。

我的手伸到了椅墊之下，在椅墊的一個暗格中，握住了一柄手槍，然後，我陡地揚起手，槍口對準了還在奸笑的革大鵬。

革大鵬在我舉槍對住了他之後，仍然在笑着，他反倒伸手向我手中的手槍指了指：「這是什麼？喔，這就是你們所謂致命的武器，是不是？」

我冷冷地道：「不錯，這武器在你來說，或者落伍，但我不信你的身子能擋得起它的一擊，那就像我的身子，甚至不能擋得起羅馬時代的武器一樣。」

革大鵬向我笑了一下，忽然他的手臂振了一振，手又在胸口上按了一按，他的衣領突然向上伸起，形成一個半透明的頭罩。

而自他的衣領之中，也伸出了兩個圓形的罩來，將他的雙手罩住。

透過半透明的頭罩，我依稀可以看到革大鵬的面上，露出十分得意的神情。

他的聲音聽來仍是十分清楚：「我這套裝備，可以抵禦太空中流星群的襲擊，你若是不信我可以擋得起你手中那種古老的武器，你不妨試試。」

老實說，本來我拔槍在手，並不想將他打死，因為將他打死之後，我怎樣和白素見面呢？

我的目的，只是想他知道，他雖然來自科學已發展到如此驚人的一百年之後，但是仍不能橫行無忌。因為武器總是武器，小刀子是幾千年之前的武器，直到如今一樣可以殺人！

可是我錯了。我錯在未能正確地估計未來一百年科學進步的幅度！

試想，我們這時代的人，在太空飛行中，為了防止流星群的襲擊，要將太空船的外殼，作複雜的加固處理，還不能確保安全。

然而革大鵬身上那一身看來和普通衣服一樣的衣服，和那樣的一個頭罩，便使他可以防禦太空的流星群！

流星群襲擊的力量多麼驚人，手槍的子彈射上去，只不過如同一塊紙片飄在他的身上而已！

我呆了半晌，手一鬆，「啪」地一聲，手槍落到了地上。革大鵬「格格」地笑着，踏前兩步，將手槍拾了起來，其手上那種半透明的套子，竟極其柔軟，絕不妨礙雙手的行動，道：「這是你們慣用的武器麼？請你看看它在我的身上，可以起什麼作用！」

革大鵬一講完，便扳動了槍機。他連續不斷地扳着，一連七下，將槍中的子彈，完全射完。

七顆子彈，每一顆都射中了他的身子。子彈一射中他的身子，便發出刺耳的「滋」地一聲，化成了一團氣。那種白氣給人似固體的感覺，那是金屬在極度的高熱，或是高壓之下所化成的氣體。

最後一顆子彈，他是射在頭罩上的，我看到子彈嵌着不動，當然射不穿他的頭罩，然後，革大鵬用槍柄在頭罩上輕輕一敲，那粒子彈便落下來了，革大鵬伸手接住，向我遞來，嘲弄地道：「這是你們這個時代的致命武器！」

我木然地伸出手，按了按那枚子彈，可是我的手一碰到那顆子彈，「滋」地一聲，便被烙去了層皮，子彈還是灼熱無比的！

我其實是應該料到這一點，剛從槍膛中射出來的子彈，當然是灼熱的！

革大鵬冷笑着：「由於你和你的未婚妻都那樣不知死活，所以我有必要好好地介紹一下我自己，你同意麼？」

在那樣的情形之下，我實在連講話的餘地也沒有了。

革大鵬拍着自己的心口：「我，革大鵬，是你們這個時代的人絕不能抗拒的人，你們這個時代最厲害的武器是氫彈，是核子武器，但是你們可想到，有一種新的元素，是水星的中心部分，我們將它叫作『維納斯——十五』，這種元素如果發生核子分裂的話，你知道會有什麼樣的效果？」

我仍是不出聲。

革大鵬道：「它的效果加以控制，你剛才已經看到了，那是一種地球上絕未曾出現過的高熱，這種在萬分之一秒內所產生的高熱，足可以令任何物事都化為氣體。如果用來製成武器，那麼，以月球為基地，放射一次便可以令地球變成半個圓形——它的另一半會溶掉，成了宇宙塵。而地球在成了半圓形之後，由於相互引力的改變，半圓形的地球將成為一顆流星！」

革大鵬滔滔地嚷着，我絕不懷疑他所講的話的真實性，我只是無力地問道：「不見得你把這種武器帶在身邊吧？」

革大鵬笑了起來：「當然不帶在身邊，那是一種巨大的裝置，實際上，人類是無法使用這種武器的，我剛才說以月球為基地，你難道未曾聽出什麼破綻來麼？嗯？」

我腦中一片混亂，哪裏還顧得去理會他話中的破綻，我只是搖了搖頭。

革大鵬得意地笑：「當地球毀滅的時候，月球在突然之間消失了地球對它的引力，當然也要飛逸得不知去向了，除非有人想自殺，否則是無法毀滅地球的，因為地球一毀滅，所有的天體都要受到影響。」

革大鵬的話，令得我莫名其妙，我吞下了一口口水，道：「那麼，你講了半天『維納斯——十五』所製成的武器，目的是什麼？」

革大鵬道：「我就要說到正題了，不能以任何星球作基地來使用這種武器，但是，以我的飛船——有着抵抗星際之間的萬有引力設備的飛船作基地，就可以使用這種武器。」

我厲聲道：「毀滅了地球，對你有什麼好處？」

革大鵬聳了聳肩：「我當然不會將地球毀滅，地球是我的權力根源，我只不過告訴你，我不可抗拒。」

我苦笑道：「你就算使我明白了這一點，我也看不出有什麼作用。」

革大鵬道：「我可以使你明白這一點，也就可以使每一個人明白這一點，讓我們再將話題回到你的未婚妻身上來，她所受到的懲戒，只不過是單獨囚禁，我不想我所擄獲的少數人中，居然有對我不屈服的人，說服她是你的工作。我喜歡堅強的人，但是我不喜歡頑石，你明白了？」

我心中不禁高興了一下。

他要我去說服白素，那麼我自然可以和白素見面。和她分別了那麼久，使我更渴望見她，即使成為俘虜，也在所不計。

革大鵬的一切，我已經弄得很清楚了。

他是一個心理不正常的人，在他的時代中，也是一個被放逐的人。在他被放逐到火星的途中，想玩弄花樣，使飛船飛向太陽。可是在他飛向太陽的途中，突然發生了變化。

那是原因不明的一種變化，這個變化令他未能飛近太陽，而又到了地球的大氣層中。只不過在那個原因不明的變化中，一定產生了一種比光的進行還要快上許許多多倍的速度。所以，當革大鵬操縱的飛船，重回地球的大氣層之際，時間相差了一百年！

我相信，當革大鵬發現這一點的時候，他必定會大吃一驚。

然而，革大鵬卻立即想到，在他的時代中，其野心受到遏制，被放逐到火星去，然而在一百年前，卻沒有什麼可以阻攔他野心的發展。

革大鵬於是毀滅了那架飛機，擄走了機上的人，下一步，他自然要向全世界宣布他是人類的主宰。可是偏偏在他擄去的人中，有一個白素，白素絕不向他屈服，這令他十分掃興，連幾十個人中，也有人不屈服，全世界三十億人，該有多少人不屈服呢？所以他必須使白素向他低頭。

這也是他為什麼來找我的原因。

我略想了片刻：「好，將我帶到你的飛船上去？」

革大鵬點頭道：「是，我也要向你展示，我的飛船，實際上是一艘……嘿嘿，是一艘可以到達任何星球的堡壘！」

他突然一伸手，握住了我的手臂，將我拉向門口：「我按動飛行帶的掣鈕之後，巨大的噴射力，將會產生一個將我們兩人包住的氣囊，這個氣囊帶着我們以極高的速度上升，你或許不會習慣這樣的飛行，但卻是絕對安全，一點也不必害怕。」

他的話才剛講完，突然之間，我的身子震了一下。

只不過是一震，沒有任何別的感覺。在這一震之際，我本能地閉上了一下眼睛，然後，我立即又睜開了眼。

我可以保證，我閉上眼睛的時間，絕對不會超過十分之一秒。

但是就在這十分之一秒內，眼前的一切全都變了，看不到街道和其他的房子，只看到絮絮的白雲，因為包圍着我們的氣囊的衝擊，而翻翻滾滾，四下散去。

我們向上升去的速度，快到了極點，然而卻一點也沒有逼迫的感覺。

革大鵬甚至還在和我講話：「你知道麼？我們如今上升的速度，是每秒鐘七點九公里，凡是達到這個速度的任何物體，包括人在內，都可以飛出地心吸力。」

我當然也可以開口說話，但是我卻講不出什麼來。

突然之間，我看到了那艘飛船。

我的天啊！我一直以為那艘飛船，是一艘圓形的，或是橢圓形的太空船，但如今我看到了它，我才知道我完全料錯了。

它是球形的，但是卻像多層停車場似的分為好幾層，它整體像一座球形的七八層高的大廈，在其中一層中，我看到有許多閃着亮光、好像眼睛一樣的東西。我們其實早已停下來了，但因為眼前的奇景，我竟懵然不知！

革大鵬向前指了一指：「你看怎樣？」

我竟傻氣地問了一句：「那麼大的飛船中，只有你們三個人？」

革大鵬道：「足夠了，我們的時代，電腦代替了人的工作，要那麼多的人作什麼？電腦永遠不會有不一致的意見，可是人呢？只要有兩個人，就會有兩種不同的意見！」

他取出一根金屬棒，在球形大飛船的中間部分，指了一指。一扇門無聲地打了開來，革大鵬伸手一推，我已進入了那艘球形太空飛船的裏面。

裏面的空氣十分清新，令人精神為之一振，我走進去，再轉過身，革大鵬已不見了，而我進來的那扇門亦已關上。

我連忙向前走了幾步，去查看那扇門，在我的面前，只是一整塊的灰白色的金屬，根本沒有門！

門，當然是有的，沒有門，我又是從什麼地方進來的？但是由於製作的工藝太精巧了，所以門縫便看不出來。然而，革大鵬又到什麼地方去了呢？

我正在猶豫着，身後已響起了革大鵬的聲音。

我陡地轉身，面前一個人也沒有，革大鵬顯然已到了另一處，而他的聲音當然是通過傳音設備過來的。

只聽得他在奸笑，道：「你向前走，在你的右手邊通道處的第三扇門，門上有一個紅色『3』字的，就是你要進去的房間。你不要亂闖，執行守衛責任的電子儀器反應靈敏，絕不是你所能對付到的。你的未婚妻在裏面，你可以見到她。」

我的心狂跳起來，連忙向前奔了過去，這艘龐大的球形飛船之中，不但空氣清新，而且處處光線都十分柔和。我奔到了革大鵬所說的房間前面，房門無聲無息地移去。房間中的陳設十分簡單，但也很舒適，我看到一個女子，背對着我，支頤而坐。

第五部

主宰世界的夢

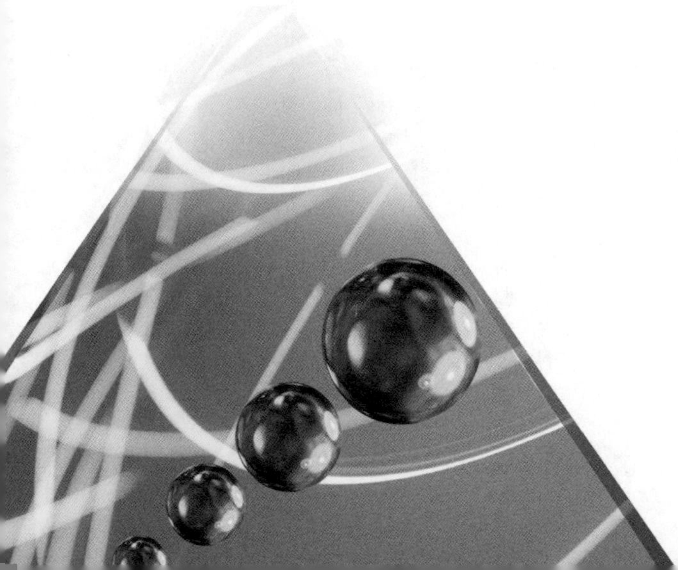

我的心跳動得更加激烈，那是白素，我認得她一頭柔髮，認得她那天下最美麗的背影（當然她也有最美麗的正影），我想說話，可是竟發不出聲音，我只是騰雲駕霧似地向前跨了兩步。

我的腳步聲驚動了白素，她陡地站起，轉過身來。她的面上滿是怒容，一定是以為我是革大鵬，然而，她一轉過身來之後，怒容便消失了，她的面上露出了極其迷惘的神色。

她那種神色，使她更具有夢幻一樣的美麗，我本來想大聲叫她的，但是我發出來的聲音卻低得僅可以聽得到，我低聲叫道：「是我，是我！」

白素面上迷惘的神情慢慢消失，她陡地向前撲來，我也突然向前迎去，我們擁在一起，誰也不說話，在我們的心中，都唯恐對方是一個突然出現的幻影，而不是一個實體；唯恐這一剎那捕捉到的幻影，會在另一瞬間消失，是以我們盡可能用力地擁在一起，直到革大鵬的聲音突然響起。

只聽到革大鵬冷冷地道：「好了，男女主角的戲演得差不多了！」

我們倏地分開，但是還是那麼貪婪地注視着對方。

革大鵬刺耳的聲音仍然在室內響着，而且似乎愈講愈高聲，但是我和白素兩人，根本不覺得除了對方的聲音之外，還有別的聲音。

我在她眉梢上吻了一下：「慢慢説也不遲，我要知道得最詳細，要知道每一個細節，而絕不是一個簡單的故事。」

白素微笑着：「我也是。」

我知道她説「我也是」是什麼意思，那是説，她也希望知道和我分別之後，我的一切事。我可講的事也實在太多了。

我們分別了那麼久，雖然是在這樣的情形之下見面，但積存已久的説話，還是像瀑布一樣地傾瀉。我們爭着説話，也不理會對方是不是已經聽明白了自己所講的話，而且我們所講的話，其實都是沒有什麼意義的，只是想充分享受重逢的喜悦，所以才不斷説着。

這種情形持續了多久，我們自己也無法知道。直到室內突然響起了一陣難聽之極的聲音，令我們體內的神經，因為這種聲音而引起抽搐性的震動，才不得不停口。

那種聲音只不過響了幾秒鐘，接着又是革大鵬的聲音。直到這時候，我才注意到革大鵬的聲音，並不是由一個角落傳來，而似乎就在我對面的空氣中發出來——就像他人在我對面。

這當然是一種一百年後的新傳聲方法。

革大鵬的聲音，十分憤怒：「你們還有多少話要講？」

我和白素互望了一眼，我由衷地道：「如果可以講下去，至少再講一百年。」

革大鵬冷笑了起來：「別忘了我要你來這裏的目的，我不想第一批俘虜中便有人反抗！」

我又和白素互望了一眼，甚至不必講話，便會心微笑。我道：「我可以知道你第一批俘虜的名單和他們的身分麼？」

革大鵬道：「那和你無關——」

可是他講了一句之後，忽然改變了主意：「好，除了機上人員無足輕重的人外，機上還有兩個阿拉伯油商、兩個美國的情報人員、亞洲某國的國務大臣和他的侍從文武官、意大利著名的高音歌唱家，還有一個大名鼎鼎的人物，他是最近被敵對勢力轟下台的過氣將軍——但他還滿懷野心，最先了解到目前的處境而向我宣誓效忠的就是他。」

我緩緩地道：「那麼，所有的人都已向你宣誓效忠，只有我的未婚妻一人例外？」

革大鵬近乎在咆哮，他道：「是的，只有她一人。」

白素清脆的聲音響了起來：「本來只是我一人，但現在變成兩個人！」

我握住了她的手，昂然道：「正是。」

過了幾秒鐘，才聽得他發出一連串的冷笑聲。

我連忙低聲道：「我們眼前的處境，你完全知道？」

白素的面色，略顯蒼白，她點頭道：「是，我完全知道，革大鵬和我說了，你也知道了？」

我點了點頭，正想再說什麼時，房門突然被打開，我看到了法拉齊。法拉齊的面色十分難看，他望了我一眼之後，面上更有羞慚之色，立即低下頭去。

而他的身旁則有着一具形同美容院中，作為女士們燙髮的大風筒差不多的儀器，在那半蛋形的罩子之下，有許多儀表。

他推着這架儀器走了進來之後，立時又匆匆退了出去，好像他是一個小偷，唯恐被我當場抓住一樣。他一退出去之後，門也自動關上。

而那架儀器雖然在房內，絕沒有人去碰它，它卻自動行動起來，那蛋形的圓筒揚了起來，向着我和白素，我和白素不論逃向何方，它總是向着我們。

如果它不是有自動追蹤人的能力，那麼一定是受無線電控制。

過了片刻，我們不再躲避，白素冷冷地道：「這算是什麼玩意兒？」

革大鵬的聲音道：「這是我可以採用的唯一辦法。」

我沉聲道：「那是什麼意思？」

革大鵬道：「你們兩人拒絕對我效忠，對我的尊嚴是一個重大的打擊！」

我和白素盯着那具儀器，沒有法子知道那是什麼。

它的體積雖然不大，結構之複雜，卻使人眼花繚亂，難以明白它的真正用途。

革大鵬的聲音十分狂，在我們的面前，他有着超時代的優勢，他正處處在表現這種優越感：「在我們的時代，星際飛行已經十分普通，別的星球中往往會有生物，不論是高級的或低級的生物，發現了之後，都要將他們帶回地球去研究。」

我冷笑道：「你和我們講這些，又有什麼作用？我們並不懂這些。」

革大鵬道：「聽下去，你就會懂了，將別的星球的生物帶回地球，必須先製成標本，但是要活的標本，這具儀器就是活標本製作儀，你們是聰明人，我想一定聽明白了？」

我和白素互望了一眼，事情已很明顯了。

所謂「活的標本」，當然是生命猶存，但是卻絕沒有思考能力的東西，那就是說，這具儀器有破壞人或一切生物思想細胞的能力。

我們都沒有出聲。

但革大鵬一定通過什麼設備，可以看到我們臉上的情形的，他哈哈地笑了起來：「你們明白了？不錯，由這具儀器放射出來的極強烈的放射性射線，可以使一切生物停止生長及喪失思想，只是維持原狀，但生命卻延續着，可以說是長生不老。」

我吸了一口氣：「你要將我們變成這樣的人？」

革大鵬道：「正是，如果你們不服從我、不向我效忠的話。」

我望了白素一眼，白素也望着我，在那樣的情形之下，沒有任何辦法可想。然而，也就在那一剎間，我的心中突然一亮，白素顯然也想到了同一個問題，因為我看到她斜眼望向那具儀器。

我在剎那之間所想到的辦法，可以說是極其簡單的：將那具儀器毀滅！

在飛船中，不見得有許多具這樣的儀器，而將這具儀器毀滅之後，我們不但可以暫免於難，也可以使這樣可怕的事情不致於發生。

而凡是精密的儀器都容易破壞，我們兩人同時想到這一個辦法，白素的行動比我更快，她在斜眼向那具儀器一眼之間，陡地抓起了一隻銅製的裝飾品，向那具儀器拋了過去。

那裝飾品砸在幾個儀器之上——看來是這具儀器最脆弱的部分。

但是這具儀器卻一動也不動！

革大鵬的笑聲，卻接着響了起來：「你們太天真了，自從在天狼星的旁邊，一顆小行星中，發現了一種生存在強酸中的怪人，而那種強酸又將我們的一艘太空船完全腐蝕之後，我們已經發明了幾乎在任何力量都難以摧毀的材料！」

我略想了一想，昂然走到了那具儀器之前，挺身而立：「好吧，將我們變成活標本，別忘記，這對你來說是失敗，證明你不能征服世界，我不覺得統治一大群不會思想的人，有什麼樂趣。」

白素見我向前走去，連忙站在我的身邊。

革大鵬不再出聲，我們反倒連聲催促他，但是他的聲音仍未見傳來。

那是一股極其難堪的沉默，因為我們不知道革大鵬究竟想對我們怎樣。

這具儀器毫無疑問可以接受遠程控制，說不定只要他的手指一動，一按下鈕掣，我們兩人便變成了活標本，這使人不寒而慄。

我冷靜地說：「你知道你是怎麼回到一百年之前的麼？」革大鵬氣呼呼地

道：「當然知道，機器記錄了一種空前的宇宙震盪，那種震盪的震波，每一個震幅突破時間一百年！」

我吃了一驚：「那又怎樣？」

革大鵬道：「哼，那就是我為什麼會回到一百年之前的原因，飛船在飛向太陽途中，恰好墮入了這種宇宙周期性震盪的震源之中，一個震幅便將我們的飛船，送回了一百年前，也就是我們的飛船，以和光的前進相反方向，忽然加速了光速的一百倍，所以我們就來了，如果我能夠控制這種震盪的話，那麼我可以回到一千年之前，甚至兩千年之前去。」

白素道：「可是你不能控制這種震盪，你甚至回不了家，被逼要在我們這個時代，做一個不屬於我們這個時代的可憐蟲！」

白素的話剛講完，房間的門突然打開，革大鵬衝了進來。

他滿面怒容，站在我們的面前，大聲道：「誰説我喜歡回去？」

革大鵬這樣聲勢洶洶，不再通過傳聲設備與我們交談，而要親自現身，這使我和白素兩人，立即明白了一點，革大鵬雖然口中説着不願回去，似乎願意在我們這個時代稱王稱霸，但是實際上，他的內心十分軟弱，這可憐的統治者，他一定在懷念屬於他自己的時代　，和法拉齊與格勒兩人一樣。

我和白素靜靜地望着他，革大鵬仍在咆哮着：「我要留在一九六四年，要作為你們二十世紀的主宰！」

白素嘆了一口氣：「即使一切全照你的計劃實現，你仍然寂寞，我相信你的狂熱過去了之後，你一定會渴望被放逐到火星去，因為雖然是一個被放逐的人，但是在火星上，你仍然可以呼吸到你那一個時代的空氣。」

革大鵬的臉色變得十分難看，但是他卻不再吼叫，狠狠地瞪着我們，然後一聲不響地轉身走了出去，房門又自動關上。

我們的話已進入了革大鵬的心坎之中，但是能不能使他心動，卻不知道。

我們等着，我被帶到這球形的太空船中，已經有一小時了。

我們無法走出這間房間，又不知道革大鵬究竟要怎樣，心中自然焦急，白素索性向我講起她為了一件十分奇異的事情，而深入亞洲最神秘地區的經過。由於她的經過太曲折動人，因此我竟在不知不覺中又過了幾小時。

（這個經過，記在題為「天外金球」的故事中。）

正當白素講得最緊張的時候，房門打開了，格勒站在房門口，向我們不好意思地笑了笑：「兩位，請去用餐。」

我懷疑地問道：「什麼意思？」

格勒的神情十分忸怩，他連聲道：「沒有別的意思，領航員請你們進餐，他在和你們交談之後，一直呆坐着，直到五分鐘前，才通知你們去和他一同進餐，他還請了遜里將軍。」

遜里將軍，就是那個被政敵逐出國來的獨裁者，革大鵬請了他，又請我們，這是為什麼呢？我們也不多問，只是跟着格勒，走出了這間房間，向前走去。

經過了一條走廊，自動樓梯將我們送上了幾層樓，然後進入一個陳設華麗的餐廳，一個肥胖、神情可厭的中年人，對着革大鵬高談闊論。

他揮着手，叫嚷道：「先從我們的國家着手，就可以統治整個中南美洲，然後，你進逼北美洲，只要美國一投降，越過白令海峽，再使蘇聯人向你低頭，那麼，你已經成為世界的主宰了。」

我和白素在他的對面坐了下來，我們甚至不理睬他，讓他自覺沒趣。我向革大鵬道：「我想你不只是請我們吃飯那樣簡單吧？」

他不再討論問題，只是請我們進餐，由輸送帶送來極醇的酒、鮮嫩的牛肉，以及似乎剛摘下來的蔬菜。遜里將軍仍不斷在鼓動着革大鵬，但革大鵬卻不客氣地阻止他發言。

吃完了飯，遜里被請了出去，革大鵬望了我和白素半晌，突然道：「我要回去。」

我心中大大地鬆了一口氣，一百年之後的人，究竟和我們這個時代的人不同，野心鬥不過他的良知，這是人類真正的進步！因為在我們這個時代，人類的良知，在思想中似乎是佔最低地位的。革大鵬講得出「我要回去」這句話來，那證明他的確是一百年之後的人。

我平靜地點了點頭：「這是你最應該走的路。」

革大鵬扭着手指：「可是我卻無法捕捉宇宙震盪，事實上我回不去。本來我絕未曾想到要回去，可是你們卻……卻提醒了我，使我知道我不可能成功。」

我和白素兩人喜悅地互望了一眼。

革大鵬瞪着我們：「知道是在哪一點上，使我放棄了原來的主意嗎？」

我並不知道是哪幾句話打動了他的心。

革大鵬無可奈何地道：「我是一百年後的人，讀過歷史，在一九六四年及以後年代的歷史記載中，從未提到有一個叫革大鵬的統治者，這證明我沒有成功的可能，因為如果我成功的話，歷史必會記載，對不對？」

革大鵬的話，引起了我思緒的混亂。

因為革大鵬的話十分怪誕，怪誕到聽來令人一時之間不能適應的程度。

革大鵬是一個一百年之後的人，他若是能在一九六四年左右成為世界霸主的話，那麼，在他一懂事起，他就可以知道這件事，因為在他懂事的時候，已是二〇三幾年左右的事情了。

革大鵬從這個簡單的道理上明白了他不可能成功，實在是幸事。

白素的臉上，也展開了笑容：「幸而到如今為止，你只不過毀滅了一架飛機，你還是將我們全送回地面上去吧。」

革大鵬嘆了一口氣：「那麼我——我是說我們三個人，怎麼樣呢？」

我道：「你們也可以降落，然後再設法回到你們的時代去。」

革大鵬焦急地踱着步：「我們在飛向太陽中突然回來，我決定再飛向太陽，看看是不是還能遇上那種宇宙震盪。」

我心中暗暗覺得革大鵬的做法十分不妥，因為就算他再遇上了宇宙震盪，他也有兩種可能：一是到達二〇六四年，還有一個可能，則是再倒退一百年，到達一八六四年去！

但我卻沒有將我的隱憂講出來。我只是道：「去試試也好。」

革大鵬向門口走去：「兩位可願意在這艘飛船上作我的助手？」

這實在是一個非常富於誘惑性的建議。

試想，一個人如果能夠回到一百年前，或是到達一百年後的世界中，這是何等刺激的事？但卻要有一個前提：能保證可以回到自己的年代去，要不然就未免太「刺激」了！

所以，我和白素兩人立即齊聲道：「不，我們還是留在自己時代較好。」

革大鵬苦笑了一下：「是的，我自身難保，還要邀你們同行，那未免太可笑，但有一點可以保證：即使我們不幸到了洪荒時代，飛船的燃料和食物也足夠我們度過一生。」

他一面說着，一面走出了門口。就在這時，前面忽然傳來了「砰」地一聲響，我們立時抬頭向前面看去，只見一個人從走廊的轉角處，直跌了出來。

那人重重地摔在地上，肩頭先着地，發出了「卡」一聲，顯然他的肩骨已碎裂。

革大鵬面色一變：「格勒，怎麼回事？」

格勒慌張之極：「出了意外……我把所有人送回逃生裝置，發射到地球去，他們會安全到達，而且……在震盪之中，忘記這一段經歷！」

革大鵬臉色難看：「什麼意外？」

法拉齊也走了過來：「不知道，飛船像是失去了控制……或者是由一種不可測的力量……控制着在飛行。」

革大鵬失聲：「宇宙神秘震盪！」

法拉齊還沒有回答，我們便聽到了革大鵬的聲音，在主導室的門口，響了起來，道：「如今飛船不知道在什麼地方了！」

格勒連忙問道：「不知道？你的意思是——」

他還沒有講完，革大鵬便突然咆哮起來：「不知道就是不知道，飛船在什麼地方，完全不知道！你們看，飛船外的太空，只是一片陰而黑的藍色，我從來也未曾見過！」

的確，透過一個圓窗向外看去，外面是一片一望無際的深藍色。

我們都呆了半晌，試想想，我們迷失了，不是迷失在沙漠，也不是迷失在深山，而是迷失在無邊無涯、無窮無盡的太空之中！

我們之中誰也不說話，過了許久，我才道：「飛船還在正常飛行，這或者表示情形還好？」

革大鵬卻粗暴地道：「你怎樣知道飛船是在飛行？不錯，它在前進，但是它可能是在接受某一個星球的引力，正向那個星球移近！」

我對革大鵬的粗暴，並不見怪，只是道：「我們總得想個辦法，是不是？」

革大鵬急急向外走，我們立即跟在其後，到了飛船的主導室中，革大鵬頹然地坐下來，雙手捧着頭，一動也不動。白素走到他的身邊，柔聲道：「革先生，如今的情形——」

革大鵬道：「我們所有的儀表都壞了，我們根本不知道飛船在什麼地方。」

革大鵬來到電腦旁邊，找到了一個如同汽車駕駛盤似的控制盤，用力地扭着那個控制盤，只聽得主導室的頂上，響起了「錚錚」的聲音，一片一片的金屬片移了開去，我們眼前突然一黑。

燈光（主導室中所有的燈，全是冷光燈，是靠一個永久性固定的電源來發光的）雖然還亮着，卻是出奇的黑暗。

第六部

迷失在太空中

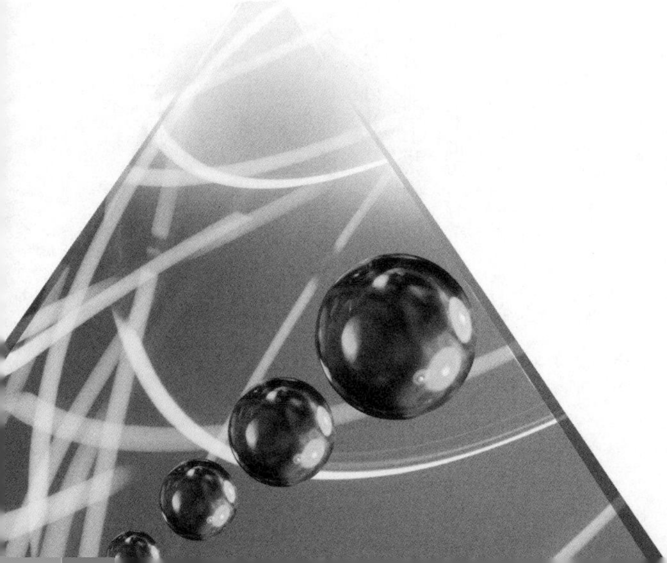

在屋頂上，有十呎見方的一大塊是玻璃（我假設它是玻璃），因為那是透明的固體。

在玻璃之外，則是一片深沉無比的黑暗，那種黑暗是一種十分奇妙的黑暗，它不是黑色，而是極深極深的深藍色。

那情形就像是飛船之外，是一塊無邊無涯、碩大無比的深藍色的冷凍！

從外面深藍色的空際中，我們也看不出飛船究竟是靜止還是在移動。

我和白素只是呆呆地望着外面，連革大鵬已經來到了我們的身後都不知道，直到他喃喃地道：「我從來未曾看過這樣的空際，從來也沒有！」

連革大鵬，這個一百年之後、地球上著名的星際航行家，都未曾看過那樣的空際，我們又怎能知道如今身在何處？

革大鵬呆了片刻：「我們一定已遠離太陽系，遠離一切星系了，你們看，我們眼前只有空際，竟什麼也沒有，什麼也沒有。」

我們只覺得身子發涼，這難以想像：遠離一切星系，那是在什麼地方呢？

我慢慢地回過頭去看革大鵬，只見他面上神色一片迷惘。

連他都如此迷惘，我想去探索這個答案，不是太不自量力了麼？因為在有關星際航行和太空方面，他的知識超越我萬倍以上！

我們無話可說，革大鵬揮手向外面走去，道：「我們除了等着，沒有辦法可想？反正我們的食物充足，可以維持許多年！」

我將他的去路阻住：「除了這個辦法之外，沒有別的辦法了？」

革大鵬道：「你總不能要我去推這艘飛船！」

我並不想和他吵架，是以我只是沉住了氣：「你想想看，你是地球上二十一世紀中最偉大的星際航行家！」

革大鵬的氣燄、怒意頓時消失，他以近乎哭泣的聲音道：「是，我是星際航行家，但是——」他指了指頂上深藍色的空際，又道：「你看得到星麼？連一顆十九等星也沒有，我們不知道是在什麼地方，我們可能已到了從來沒有人到過，也從來沒有人敢想像的、永無止境的外太空！」

我的白素失聲道：「外太空？那是什麼地方？」

革大鵬搖頭道：「不知道，外太空是人類知識的極限，不要說你們，連我們也不知道空際究竟有多麼大，在極遠極遠的地方，究竟有些什麼，那簡直無法想像的。」

白素的聲音，在我們這些人中，算是最鎮定的：「所有的儀表全損壞了，不能修復麼？」

在我們這幾個人的心中，只存在着「儀表損壞了」這個概念，卻全然未曾想到儀表損壞了，是可以將它們修復的！

那是我們為突如其來的變故，弄得太驚惶失措的緣故，還是白素最鎮定，她首先提出了這個問題。

革大鵬的精神為之一振，向法拉齊和格勒兩人望了一眼，我連忙道：「有可能麼？」

革大鵬點頭道：「我想，有十天的時間，我們大約可以修復幾個主要的儀表，先將我們在什麼地方，測定出來，我們的天文圖還在，我想這沒有問題。當然，我們先要檢查動力系統——」

白素興奮地道：「那我們還等什麼？還不快些動手？」

白素的興奮，迅速地感染給我們，革大鵬道：「當然，我們先要穿好防輻射的衣服，你們兩個，多少也可以幫點手，是不是？」

白素道：「當然，遞遞工具總是行的。」

革大鵬怔了一怔，隨即笑道：「你的話，我幾乎聽不懂，我們做任何工作，工具只有一種，那便是光線控制、聲波控制器，除此之外，沒有第二種了，來！你們先跟我來，我們去檢查動力系統。」

我走在最後，當我踏出主導室之際，我又抬頭向深藍色無邊無涯的空際看了一眼，心中暗忖：我們五個人——兩批不同時代的人，是不是能夠穿越這片空際呢？

我只希望我們可以越過這無邊無涯的空際，我甚至並不奢望回到地球去，只希望再讓我們看到有星球的天空，那我就會很滿足。

出了主導室，在革大鵬的帶領之下，我們用升降機下降了三層，走進一間房間，每人都穿上了厚厚的防輻射的衣服。

然後，革大鵬和法拉齊兩人，合力旋開了一扇圓形的鋼門。

那種鋼門一旋了開來，一種暗紅色的光線，立時籠罩住整個房子。革大鵬首先走了進去，我和白素兩人，戰戰兢兢地跟在後面。

我們首先看到的，是一排閃耀着奇怪顏色的晶體，要確切地形容這一排晶體很困難，大致上，它像是如今一些自動照相機的所謂「電眼」——半導體測光表的感光板。

那些晶體上的顏色，極盡變幻之能事，但每隔一段時間，必定出現暗紅色。

在防止輻射的衣服中，有着無線電傳話設備，每一個人講的話，其他人都可以聽得到。我聽到革大鵬發出了一下十分高興的呼叫聲。

我和白素同聲問道：「怎麼樣，情形還好？」

革大鵬用力點頭——其實他在點頭，我們是看不到的，因為防止輻射的衣服有一個很大的頭罩，人頭罩在罩中，只從兩片玻璃之中，看得到一隻眼睛，這時我們看到革大鵬的一隻眼睛在不斷地上下移動，所以便猜他是在點頭。

革大鵬道：「不算壞，震盪使一部分輸送動力的線路損毀了，但另有一些卻只被擾亂，相信經過整理，可以恢復。」

法拉齊補充了一句：「動力輸送恢復之後，希望有一些儀表可以工作，因為動力系統本身，並沒有受到多大的破壞。」

我和白素也不由自主地發出了一下歡呼聲，但是，我們兩人卻只好旁觀，無法插手。

因為他們使用的工具，我們從來也沒有見過。而且，所謂「動力輸送線路」，也絕不是我們所習慣見到的電線之類的物質，它們只是一股一股、發出各種顏色的光束，我看到革大鵬以另一柄可以放射各種光束的手槍似的工具，去刺激那一團像是被貓抓亂了的線團一樣的光束。

然後，光束漸漸被拉直了——事後，我才知道這是依據物質分子光譜反應而產生相互感應的動力輸送方法，我只能知道這一些，因我的腦子是無法接受超越我生存的時代遠達一百年的事物。

我和白素只是好奇的東張西望，和焦切地等待。過了一會，革大鵬打開了一具通話器，對之講了一句話。

在通話器上的熒光屏，立時出現了一些曲折的波紋。革大鵬興奮地道：「主導室的電視系統，有一小部分可用了，你們兩人回到主導室去，接受我的命令，試驗電視功能的恢復程度。」

我和白素當然樂於接受這個命令。我們退了出來，除下了防止輻射的衣服，然後手拉着手，奔進了電梯之中。

在電梯中，我和白素不由自主，不約而同地緊緊擁抱着對方。

我們兩人分手已經這麼多時候了，直到此際，才有單獨相處的機會，雖然身在何處，吉凶如何，我們還不知道，但這時候，我們都覺得一切全不重要，重要的是：我們在一起，我們終於又在一起了。電梯早就到達主導室所在的那一層了，可是我們卻還不知道。

直到電梯中突如其來地傳來了革大鵬的聲音：「兩位可以開始工作了？」

我和白素紅着臉，向着一枝電視攝像管似的裝置笑了一下，一起到了主導室中。我們立即看到幾部電視機的熒光屏上，都閃耀着十分凌亂的線條。在革大鵬的指示之下，我們調節了一下，一共有五部電視機在正常工作。

可是在這五部電視機的畫面上，卻只是一片深藍，一片無邊無際的深藍。

我通過傳聲設備，將這種情形，向在動力室的革大鵬作了報告，我卻聽不到革大鵬的回答，只聽到他們三人，一齊嘆了一口氣，又過了好久，才聽得革大鵬道：「我們來了，你們等着。」

沒有多久，革大鵬等三人，便已經回到了主導室之中，他們三個人的神色，都十分沮喪，我看出情形十分不對勁，但是我卻不知道不對勁在什麼地方。

呆了好久，革大鵬才指着一部電視：「你們看到了沒有？」

我又向那電視看了一眼，道：「看到了，沒有什麼不同，仍是深藍色的一片。」

革大鵬苦笑了一下：「不錯，沒有什麼不同，這部電視的攝像管，是光波遠程攝像設備，你所看到的情形，是距離十光年之外的情形。」

我和白素兩人的面色，陡地一變，齊聲道：「你是說——」講了三個字，白素便停下來，我則繼續道：「你的意思是，即使有光的速度，再飛十年，我們的四周圍仍然是深藍色的一片？」

革大鵬點了點頭：「最簡單的解釋，就是這樣。」

法拉齊雙手抱着頭，用力地搖着，好像那根本不是他自己的腦袋。而他一面搖，一面還呻吟地道：「這裏是什麼所在，是什麼所在啊！」

革大鵬勉強站了起來，又去撥動了一些鈕掣，有幾十枚指針，不斷地震動着，許久才停下來。

革大鵬轉過頭來，面上露出十分奇怪的神色：「大氣層，這深藍色的竟是和地球大氣層成分差不多的氣層，有氧、氮，也有小量的其他氣體，人可以在這氣層中生存。」

我苦笑道：「如果我們找到一個星球，那我們或者可以成為這個星球的第一批移民。」

革大鵬道：「如果在這裏附近有星球的話，那麼這個星球一定和地球十分近似，我們的確可以成為星球上的居民，可惜這裏沒有。」

格勒忽然道：「領航員，也未必見得沒有，電視的光波攝像管轉動不靈，它所拍攝的只是前面一個方向，或者在別的方向，可能有星體呢？照動力室中儀表來看，我們以極高的速度在飛行，那是超越我們的動力設備的速度，有星體的引力，才會有這樣的情形出現。」

革大鵬苦笑了一下：「但願如此。」

他去試用其他的掣鈕，又過了片刻，他再度頹然坐了下來：「我們還是沒有法子知道在什麼——」

他一句話沒有講完，便陡地呆住了。

不但是他呆住了，連我們也全呆住了！

在其中一架電視機深藍色的畫面上，突然出現了發亮的一團。

不但在電視畫面上可以看到這一團，連我們抬頭向上通過主導室透明的穹頂，也可以看到那灼亮的一團，那一團亮光，無疑是一個星體。

它所發出的光芒，並不強烈，帶着柔和的淺藍色，而且還起着棱角，看來異常美麗。

它懸浮在深藍色的空際之中，似乎正在等待着我們的降臨，革大鵬又忙了起來，五分鐘之後，他宣布：那是一個星體，我們飛船的速度，愈接近那星體，便愈是增加，自然是這個星體的吸引力所致。照加速的比例來看，根據計算，再過七十一小時零十五分，我們的飛船便會撞中這個星體的表面。

本來，我們是早就應該發現這個星體的，但因為大部分的儀器都損壞了，所以直到在距離它只有將近三日的路程時始發現。

有了這個變化以後，我們暫時除了等候降落在那個星體上之外，已沒有別的事情可做了。

革大鵬等三人，一面仍然積極地去修理可能修理的一切，我和白素則負責察看那愈來愈接近的星體。那星體愈來愈近，也愈來愈美麗，它似乎整個都是那種悅目的淺藍色。

當我們距離它愈近，它的光線似乎反而漸漸暗淡，有時，我們向之注視得久了，一時眼花，幾乎在深藍色的空際中找不到它了。四十八小時之後，我們已經清楚地可以看到那星體的形狀了。那是一個星球，因為它呈圓球形，在它的周圍，有看來很調和的淺藍色雲狀物包圍着，它真正的面貌，我們還不得而知。

至於上面是不是有人，我們更是沒法子預知了，這時我們的心情十分矛盾。

我們希望在這個星球上有和「人」類似的高級生物，並且希望能和「他們」通話與打交道：但我們又怕真有「人」的話，「人們」又未必會對我們友善。

不論我們如何想法，飛船愈來愈快地向那個星球接近，革大鵬的計算，十分正確，七十多小時之後，飛船進入了「雲層」——淺藍色的煙霧——之中。

飛船愈是接近這個星球，速度便愈快，可想而知，若是撞中了星球的時候，一定會有極其猛烈的震盪，我們不能不作準備。我們來到了飛船正中的一間房間裏。

這間房間的四周圍，全都有最好的避震設備，房間的四壁、天花、地板，全是一種海綿一樣的塑料，人即使大力撞上去，也不會覺得疼痛。

在那間避震的房間中，我們等待着最後一刻的到臨。五個人之中，誰也不說話，靜得出奇。

革大鵬一直看着他腕間的手表，突然，他的聲音打破了寂靜：「還有三分鐘，飛船就要着陸了，雙手抱頭，身子蜷屈，避免震傷。」

他自己首先抱住了頭，將身子縮成了一團，蹲在地上，我們每一個人都學他的樣子，將身縮成了那樣一團，看來似乎十分可笑，但卻的確能夠在劇烈的震盪降臨之際，易於保護自己。

那三分鐘是最難捱的時刻，因為究竟在飛船撞到了星球之後，會出現什麼樣的情形，我們完全不知道，我們等於是在接受判決的罪犯一樣。

然而，那一秒鐘終於來臨了。我先看到格勒和法拉齊兩人，突然向上跳了起來，他們的身子仍縮成一團，但是他們卻突如其來地向上跳了起來。

我正想問他們之際，革大鵬和白素也向上彈了起來，接着，便是我自己了。

一股極強的力道，將我彈得向上升起，使我的背部重重地撞向天花板，固然天花板是十分柔軟的塑料，我也被撞得幾乎閉過氣去。

一撞之下，我又立即跌了下來，之後，我們五個人簡直就像是放在碗中，被人在猛烈地搖晃着的五粒骰子一樣，四面八方地撞着。

我們不知道這種情形是什麼時候停止的。

因為當這種情形持續到了分鐘左右之際，我們五個人都昏了過去。

我是五個人中，最先恢復知覺的人，我有一種感覺，彷彿便是我在盪鞦韆，盪得十分高，接着，我伸手抓着，想抓住什麼東西，來穩定我動盪的身子。

但是，我立即發現，我的身子已經穩定了，已經不動了，不需要再抓什麼東西。

我睜開眼來，首先看到革大鵬和格勒兩人，以一種奇怪的扭曲姿態，在避震室的一個角中，而白素則在另一個角落，她的手正在緩緩地動着，法拉齊扎手扎腳地躺在房內中央。

我掙扎着站了起來，叫道：「素，素！」

白素睜開眼，抬起頭來，她面上一片惘然的神色：「我在哪裏？我在哪裏？」

白素的話令我發笑，但是我卻實在一點也笑不出來。我跌跌撞撞地向前走去。雖然這時飛船已經一動也不動，但是我走起路來，還是像喝醉了酒。當我來到了白素身邊的時候，白素拉着我的手，站了起來，可是儘管我們兩人靠在一起，還是站立不穩，而不得不靠住牆。

等到我們兩人漸漸可以平衡身子的時候，革大鵬、法拉齊和格勒三人，也相繼睜開了眼睛，法拉齊哭喪着臉：「我還活着麼？我還活着麼？」

革大鵬苦笑一下：「我們五個人，總算還在，我們總算熬過來了。」

格勒應了一句：「在前面等着我們的，又是什麼新的危機呢？」

革大鵬霍地站了起來：「我們要去看，而不是呆在這裏想！」他扶着牆向前走去，到了門前才陡地一呆，低聲道：「天啊！」

直到這時，我們四個人才注意到，房間的門變成打橫的了。

房門當然是不會變更的，由於這間避震室，上下四面全是柔軟的塑料，而且房內又沒有任何陳設，所以很難分清哪一幅是天花板，哪一幅是地板，而我們剛一醒來的時候，誰都未曾注意到那扇門。

直到此際，革大鵬要開門出去，我們才發現門打橫了，那也就是說，飛船撞了星球之後，是打橫停住的，整個飛船橫了過來。

我連忙道：「那也不要緊，我們還是可以爬出去的。」

革大鵬站在門口，面色灰白的，轉過頭向我望了一眼：「飛船雖然是球形，但卻經過特殊設計，應該向下的永遠向下，絕不應該打側。」我無法再說什麼，因為我對這艘飛船的構造，一無所知，我只有發問的份兒，我道：「那麼，如今它打橫了，那是為了什麼？」

革大鵬道：「我估計可能是由於飛船接觸星球之際的撞擊力太大，使它陷進了什麼固體之內，所以它便不能維持正常的位置了！」

法拉齊又驚呼起來，他叫道：「如果飛船整個陷進了固體之中——」

他叫了一聲，雙手緊緊地捧住了頭。

我們四個人乍聽法拉齊這樣叫法，都想斥他大驚小怪，但是我們隨即想到，法拉齊的顧慮，大有可能正是我們如今的實在處境！

飛船以極大的衝力，向這個星球撞來，深陷入了星球之中，這不是大有可能之事嗎？這也正好解釋了為什麼飛船會打橫地固定着不動一事。

革大鵬不再說什麼，打開了門，向外走去。

飛船的氧氣供應，壓力設備等等，全是由船中心封固得最完美的部分供應的，不論在什麼樣的情形下，都不會損壞，所以我們仍然能夠在飛船中生存。

當革大鵬向外走去的時候，他的雙足不是踏在走廊的地板上，而是踏在左側的牆上。

第七部

流落「異星」

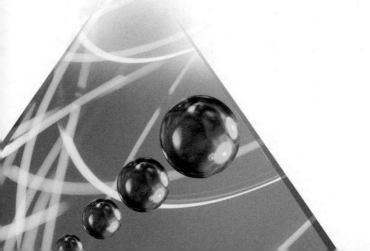

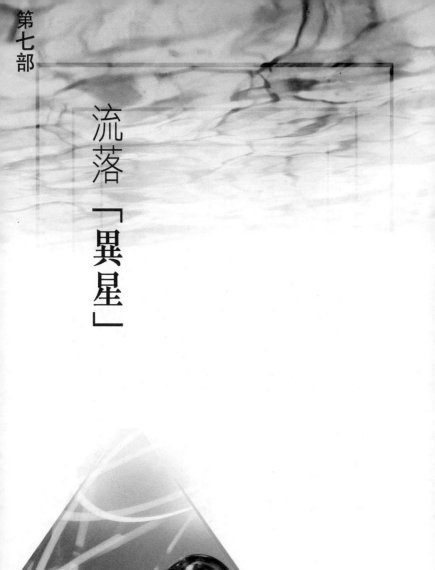

我們跟在革大鵬的後面，魚貫地走出了避震室，革大鵬沿着樓梯的欄杆，吃力地向上爬着，飛船突然側倒，這就像是本來生活在一幢大廈中的人，而那座大廈忽然「睡」了下來一樣，就算穩穩地站着，也頭昏眼花。好不容易到了主導室中，居然還有一部電視繼續工作着。

熒光屏上，除了漆黑而偶然帶着閃光的一片外，看不到別的情形。

我們如今在電視熒光屏上所看到的情形，當然不可能是那個星球表面上的情形。因為我們在躲進「避震室」之前的時候，距離那個星球已十分接近，遠程電視攝像管已攝得那星球的表面是一片蔚藍色，而不是這樣有着一點一點閃光的黑色。

那種帶有閃光的黑色，看來像是什麼礦物（它也有點像地球上的煤，但是卻更像鎢礦石），那麼，我們的飛船，陷在一塊什麼礦物的中心？革大鵬向電視注視了好一會，又撥動了一些鈕掣，但是所有的儀表，顯然再次損壞。他又用力絞動着那個絞盤，令得主導室的頂上，又變得透明。

我們轉頭向右望去，那種帶有閃光的烏金物體，就壓在我們的身子旁邊，我們直接看到了這種物體，給人的震動更是巨大，那一點又一點的閃光，在剎那之間，竟使人誤會是幾萬隻妖怪的眼睛。

革大鵬首先出聲，他伸手放在法拉齊的肩上：「給你料中了，我們的確陷在這個星球之中。」

法拉齊連忙道：「那怎麼辦呢？」

白素道：「我們應該可以出得去的，就算飛船陷得再深，必然造成一個深洞，隨着這個深洞，我們是可以到達地面上的。」

革大鵬緩緩地點了點頭：「不錯，從理論上來說是這樣的，但這個深洞在什麼地方，是不是我們開門出去，就可以到達呢？」

白素勉強笑了一下：「我想，深洞此際應該在我們的頭頂上。」

她一面說，一面伸手向上指了一指。

白素這時候這樣說法，當然是由於一種直覺，但是想一想，似乎也正應該如此——只要這個星球也和地球一樣，具有地心吸力，那麼，我們自高空撞下，陷入地上，豈不是那個被飛船撞出來的深洞，正應該在我們的頭頂之上麼？

此際，我們伸手指向頭頂，實際上是指着飛船的側旁，因為飛船側倒了。

革大鵬想了一想，發命令道：「準備氧氣面罩、應用武器和個人飛行帶。如果有那個應該存在的深洞，那我們就可以出飛船去。」

法拉齊和格勒忙碌了一會，使得我們每一個人都配上了壓縮氧氣（壓縮氧氣給我們這一時代人的概念是兩個大鋼罐，但是如今，我們的壓縮氧氣卻是密封的固體氧，只不過如一瓶啤酒大小，再加上靈巧的呼吸罩而已），當我和白素繫上個人飛行帶的時候，革大鵬簡略地告訴我們它的使用法。

我們也給分配到一柄「槍」，是發射光束的，和我們想像中的死光槍差不多。

然後，我們走出了主導室——在牆上走，到了走廊的一端，格勒和革大鵬合力地絞動着一個大絞盤，一扇門慢慢地向旁移動。

那扇門本來是應該在我們前面的，但因為飛船倒側的關係，門變得在我們的頭頂了。門才移開了半尺許，一些黑色小塊的礦物，便像雨一樣地落了下來，那些礦物呈黑色而帶有閃光，我們緊貼牆站着，落下的礦物，足有兩三噸之多，沿着走廊直落了下去，將走廊的另一端塞得滿滿的。

約莫過了五分鐘，我們看到了柔和的藍色光芒，自打開的門中射了進來。革大鵬和格勒繼續絞動着門掣，門愈開愈大，還有些成碎塊的礦物落下來，但數量不多。

等到門全部被打開之後，我們每一個人都可以看到，我們是在一個深坑之中。

那個坑有多深，一時難以估計，但是在坑頂上，卻是一片柔和的藍色光芒。

我迫不及待地首先按動飛行帶，人立時向上飛起，穿過了飛船的門。我低頭看去，白素、革大鵬、法齊和格勒，也紛紛飛出來了。

正如白素所料，我們的飛船，陷在一個大坑之中。我們向上飛去，不多久，四周圍便不再是那種黑色帶有閃光的礦物，而是一種淺黃色的，較為鬆軟的固體，類似地球的泥土層。

再向上，便是藍色的東西——藍色的程度不同，有的深，有的淺，有的是寶藍色，有的是暗藍色，但卻全是藍色的。

而且，愈向上去，我們便愈覺得寒冷。

飛行帶向上飛行的速度相當快，但也足足過了三分鐘，我們才出了那個大坑。

眼前呈現着一片碧藍，乍看我們以為是在大海之中。但是我們立即看出這不是海，而是陸地，但當我們落下來，腳踏到了那藍色的事物之際，我們知道那的確是海——是冰凍的海。我們是站立在冰塊上，而且，觸目所及，幾乎全是那種藍色的冰！

那或者不是冰，只是像冰的東西，但我們無法確定。

我們五個人站在坑邊上，一動也不動，只是怔怔地向前看着，看着那麼一望無際的蔚藍的冰，和頭頂之上蔚藍色的天。

這個星球和地球的確相當接近——至少它天空的顏色像是地球，但是它卻只是一片藍色，絕沒有白色的雲彩點綴其間。

四周圍一片死寂，我們聽不到任何的聲音。

這個星球的表面上，除了冰之外，便再也沒有別的東西了，就算在坑邊上，我們向坑下望去，冰層也有二十呎厚，那樣晶瑩而藍色，使人時時以為那是藍色的玉。

一時之間，我們五個人實在想不出什麼話來說較好，只是呆呆地站着。

至少過了十分鐘，我們才聽到革大鵬的聲音：「這個星球的表面，充滿了一種奇異的輻射線，我所佩帶的袖珍輻射線探測儀測到了這一點。這種輻射……我想對生物是有害的。」

我連忙道：「那麼我們呢？」革大鵬道：「我們不要緊，飛行帶的小噴氣孔，自然地噴出許多股急驟的氣流，將我們的身子包裹在『氣幕』之中，這種輻射線並不能侵襲我們，我只是十分奇怪，十分奇怪……」

他一面說，一面小心翼翼地在冰上，向前走出了幾步。我聽出他的聲音之中，充滿了迷惑和疑惑，像是不知道有一個什麼樣難以解釋的問題，盤踞在他的腦中，使他困惑。

我跟在他的後面，也向前慢慢地走去。

人踏在那種藍色的冰上面，和踏在地球冰上的感覺是一樣的。那種堅硬的、半透明的固體十分滑，隨時可以將人滑倒。白素則已在深坑的邊緣上，敲下了一小塊冰來。她戴着一種我不知道是什麼纖維織成的手套，手掌心托住了那一小塊冰，在柔和的、藍色的光芒照耀之下，像是她托住了一塊藍寶石！

而那塊「藍寶石」則在漸漸地縮小，從白素的指縫之中，滴下一滴一滴藍色的液體，那藍色的液體在落到了冰層上面之後，凝固成冰珠子。

白素驚訝地叫道：「冰，這真的是冰，它會溶化成水，它和地球上的冰一樣，這星球上的物質同樣地具有三態的變化！」

革大鵬陡地轉過身來，他突然高叫一聲，同時，粗暴地向白素衝過去，猛地一抬手，向白素的手臂上擊去，叫道：「拋開它！」

白素揚起眉來：「革先生，什麼事情令得你如此激動？」

革大鵬向白素的雙手看了一會：「幸而你帶着隔絕一切輻射的手套，剛才我不是説過了嗎？在這裏的空氣中，充滿了有危險的輻射，而這二十呎厚度的冰層中，含有危險的輻射更多，它簡直是一個厚度的輻射層，你明白了麼？」

白素略帶歉意地笑了笑：「我明白了。」

我立即道：「你是説，這個星球上，絕對沒有生物？」

革大鵬猶豫了一下：「照我看來是這樣，因為我們所知的生物，都是無法在這樣的情形之下生長的，這裏的輻射線破壞一切生物的原始組織——細胞！」

革大鵬講了那幾句話之後，停了片刻，才又道：「但這也是很難説的，或許竟然有的生物可以在輻射線下生存，而且需要輻射，正如同我們需要氧氣一樣！」

革大鵬是比我和白素進步一百年的人，人類文化愈是進步，自然也會產生更多的想像，革大鵬這樣説法，我也並不引以為奇。

革大鵬慢慢地向前走去，低着頭，直到走出了十來步，才道：「奇怪得很，實在奇怪得很，我想不出其中的理由來。」

我聽到他說「奇怪」，這已經不是第一次了。

我忍不住道：「你究竟有什麼想不通的問題？」

革大鵬伸手向前一指，不論他這一指是指向多遠，我循他所指看去，只是看到那種藍色的冰。

革大鵬道：「在這裏，充滿了輻射塵，這種輻射塵，應該在一次極巨大的核子爆炸中才會產生，如果是自然產生的話，那麼，這個星球表面的溫度，應該是幾千萬度，像我們的太陽表面一樣，那才能不斷地產生自然的物體核子爆炸，但這裏卻全是冰層！」

我呆了半晌：「這個星球上應該有極具智慧的高級生物？他們高級到了已經能夠控制核爆炸？」

革大鵬點頭：「理論上來說，應該是那樣，可是，那種高級生物呢？在什麼地方？」

的確，高級生物在什麼地方呢？我們放眼看去，除了冰之外，什麼也沒有。

白素也跟在我們的身後：「或許這個星球上真有高級生物，只不過我們未曾遇到他們，你想想，如果有人從別的星球降落在南極或北極，怎能想像地球上有那麼多人？」

白素的話也不無道理，但是即使是在地球的南極或北極，總也有生氣，而不是這樣充滿死氣！

革大鵬停了下來：「我要回飛船去，我可以利用一些裝置，做成一隻在冰上可以以極高速度滑行的冰船，再準備些糧食，那就可以開始『探險』！」

我點頭道：「的確需要這樣，至少應該要明白，究竟在什麼星球上！」

革大鵬聳肩道：「希望如此！」

他招了招手，叫法拉齊和格勒一齊跟着他，三人開動了飛行帶，向上飛了起來，來到了那個深坑的上面，又落了下去。

在落下去之際，革大鵬大聲道：「你們不妨四周圍看看，但是切勿飛得太遠。」

我回答道：「知道了，你們大約需要多少時間？」

革大鵬人已經落下那個大坑了，他的聲音則傳了上來：「約莫四小時。」

我又答應了一聲，轉過身來，和白素極其自然地握住了手，互望了片刻，白素忽然道：「噢，我多麼希望如今是在地球上！」

我則勉強笑着，道：「如今有我和你在一起，你還不願意麼？」

白素的身子向我靠來，低聲道：「我不是這個意思，我的意思是——唉，我實在難以形容！」

我點頭道：「我明白，我們如今在什麼地方，竟完全不知道，這使我們的心中茫然無依，幸而我是和你在一起，要不然在如今這樣的情形之下，我實在不知道怎樣才好了。」

白素喃喃地道：「我也是。」

我們兩人又呆了片刻，才開動了飛行帶，我們將高度維持在十呎高下，向前迅速地飛了出去。飛行帶的速度十分快，但是因為速度太快，迎面而來的逆風，使我們十分不舒服，是以飛出了沒有多遠，我們兩個人都不約而同地停了下來。

當我們落地之後，我們同時看到那東西。

那東西，是這個星球的表面上唯一不是藍色的事物，它是一根銀色的圓杆，約莫直徑一寸，露在冰層之外的一截，大約有一尺長短。

這樣的一根金屬棍子，可以說無論如何不會是天然的東西，可以說，它也絕不是沒有高度工業水準而能生產出來的東西。

白素立即踏前一步，俯下身來，雙手握住了那根棍子，用力地搖動着。隨着她的搖動，那棍子旁邊的冰層，漸漸地裂開，她再用力一拔，將那根棍子整個拔了出來。

那是一根金屬棍，這是毫無疑問的，但是它卻又輕得出奇。

它總共有五呎左右長短，一頭比較細一些，頂端全是橢圓形的，十分光滑。

在那比較粗的一端，有兩行文字刻着，那兩行文字，絕對是英文字——一定的，我們絕不是牽強附會，那的的確確是我們熟知的英文字。

但是，那兩行文字總共十二個草字，是什麼意思，我們卻看不懂。

當然，這根棍子是作什麼用途的，我們也完全不知道。

我們兩人仔細地察看着這根金屬棍，心中感到十分亂，這個星球上是有「人」的，從這根金屬棍子來看，那應該是毫無疑問的！

或者，在若干時候之前，有「人」到達過這個星球。我又想起了革大鵬的話，他說這個星球上的輻射塵，絕不是天然產生，而是由一場人工控制的大規模核子爆炸所產生的。

那麼，這根金屬棍子，是不是就是造成這場核子爆炸的人所留下來的呢？

我和白素互相望着，我們誰也不說話，因為我們的心中都充滿了疑問。

我讓白素抓住了那根金屬棍子，我們再向前走去，希望有別的發現。

可是我們足足走了兩小時左右，除了那種奇異的藍色的冰塊之外，什麼也沒有看到。我們不敢走得太遠，又慢慢地折返。

等我們往回走，還未曾到達那個我們飛船陷落的大坑邊上之際，突然聽到一陣異樣的嗡嗡聲。

那種聲音，在靜寂無比的境界之中，聽來更是刺耳之極。

我們陡地吃了一驚，一齊抬頭循聲看去，只見一艘異樣的小飛船，它的樣子就像是一隻橢圓形的橡皮浮艇，但上半部卻是透明的。

它離地十呎左右，帶着那種奇異的嗡嗡聲，尾部的排氣管則噴出兩道美麗的血也似的廢氣，向我們迅速地飛了過來。

那小飛艇才映入我們的眼簾，我們便看到，小飛艇的駕駛者正是革大鵬。

而飛艇中的其餘兩人，則是法拉齊和格勒。

飛艇恰在我們的面前，停了下來，透明物體的穹頂，自動掀開，革大鵬道：「快進來，我們大約用三天的時間，便可以環繞這個星球一周了。」

我向飛艇內部看去，內部足可以十分舒服地容下五個人。可是我卻不立即跨向飛艇內部，我只是轉頭望向白素，白素卻明白了我的意思，她將手中的那根金屬棍遞了過去。

革大鵬奇道：「什麼意思？」

白素道：「是我們找到的，我們發現它的時候，它一大半陷在冰中，你看看，這究竟是什麼東西？這是什麼人用的東西？」

革大鵬的面色變了一變，他接過那根金屬棒後，第一個動作，便是以手指輕輕地扣上一扣。

這個動作是我和白素在仔細察看金屬棒時所未曾做過的，它之所以如此做法，可能是對那金屬棒究竟有什麼用處，早已知道了。

在他指頭輕扣之下，金屬棒發出了奇異的金屬回音。

革大鵬抬起頭來：「這是一根靈敏度極高的天線，它裏面大約有一千個以上超小型的半導體兩極管，我想，這本來是我們飛船之外的設置，被星球的引力吸來的。」

革大鵬的解釋，使得這件事的神秘性一下子便消失了，但我卻還覺得事有蹊蹺。

我又向那金屬棒一指：「棒的一端有文字，你看到了沒有？」

革大鵬漫不經心地舉起金屬棒。

可是，當他的眼睛，一接觸到棒端所鐫的那文字之後，他整個人都呆住了。

我連忙道：「怎麼樣？」

我看到法拉齊和格勒兩人也湊過頭去看。

他們兩人的面色，也變得十分難看。

足足過了一分鐘之久，革大鵬才抬起頭來：「這不是我們飛船上的東西。」

我和白素又呆了一呆。我問道：「為什麼忽然之間，你又如此肯定了？」

革大鵬的手指，慢慢地在那一行文字之上撫過，道：「我當然可以肯定——」他抬起頭來，道：「組成這文字的字母，想來你也認識的？」

我點頭道：「我當然認識，我們這個時代，稱這種字母為英國文字的字母。」

革大鵬點道：「這應該稱之為拉丁字母的，在我們這個時代中，它幾乎已變成世界各地拼音文字的主要部分了，可是這行字，我卻只能個別地認出他們的字母，而不知道這行字是什麼意思。」

我呆了半晌，道：「你……看不懂？」

我們五個人都默默無聲。

革大鵬又翻來覆去地看那根金屬棒，他一面看，一面喃喃地道：「但是我卻可以知道這是什麼東西，製造這東西的人，一定比我們能幹，你看，他們可以將稀有金屬鑄得這樣天衣無縫！」

法拉齊嚷道：「老天，這個星球果然有人，我們的飛艇會不會在環繞星球的飛行途中給他們擊下來？」

法拉齊老是那樣杞人憂天，這實在是非常可笑的。格勒比他鎮定得多：「這星球上有『人』的話，那怎麼還會有這麼一大片冰原？」

白素道：「那麼，地球上的南北極呢？」

格勒笑了起來：「白小姐，南北極端是冰雪，那只是你們這一時代的事情，在我們的時代中，從赤道到南北極，乘坐巨大的洲際火箭，只不過是兩三小時的航程，在南極和北極，都有利用天然冰鑿成的迷宮，供遊客賞玩。革大鵬說製造這半導體兩極管的人，工業水準在我們之上，那麼——」

他講到這裏，攤了攤手。

他不必再講下去，意思已經十分明顯了，那便是：那麼，他們怎麼會讓他們的星球，這樣荒蕪呢？

我連忙道：「照你說，這星球沒有人，這棒又從何而來？」

格勒顯然難以回答這個問題。革大鵬抬起頭來：「不必爭了，我們飛艇的速度雖然不快，但是三天之內，足可以環繞這個星球一周，是不是有人，自然可見分曉。」

我和白素上了小飛，透明的穹頂落下來，飛艇突然向前飛去，轉眼之間，就到了我和白素發現那根金屬棒的地方。

革大鵬將飛停了下來，他問明我們那金屬棒陷落的所在，然後按下了一個掣，自飛艇的旁邊，伸出了一個旋轉得十分快的鑽頭來，轉眼之間，便在冰層上鑽了一個大洞。

碎冰塊翻翻滾滾，湧了上來，突然之間，只聽得法拉齊叫了一聲！

在翻騰而起的蔚藍色的冰塊之中，有一件黑色的事物，也突然翻了起來。

革大鵬連忙停止了鑽頭的動作，回頭道：「格勒，你下去看看是什麼東西！」

透明穹頂升起，格勒跳出了飛艇，他提了一個黑色的箱子，箱子上有着許多儀表和指針，來到了飛艇附近，革大鵬將那約一呎的黑色箱子，翻來覆去地看了一會，突然很熟練地抽下了一片金屬蓋，箱子的一面，露出了一幅熒光屏來。

我失聲道：「這是一部電視機！」

革大鵬近乎粗暴地說：「可以這樣講。」

我已經熟知革大鵬的為人了，我知道若是他心中有什麼難以解答的疑問的話，那麼他對人講話，也會變得不耐煩起來的。

所以我不去理會他，他倒反而不好意思地望了我一眼，取過了那根金屬棒，插在「電視機」上。

革大鵬早就說過那金屬棒是特製的天線，如今果然證明他的推斷正確，因為那的確是這部電視機的一根接收天線！

第八部

一座古墳

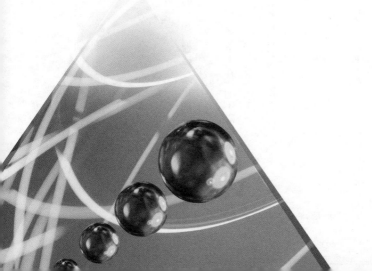

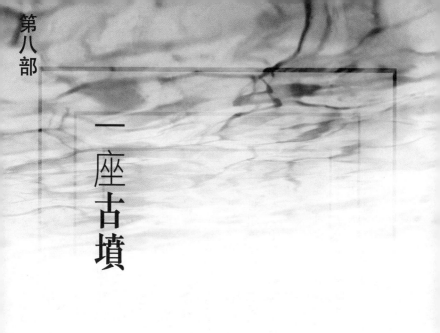

跟着，革大鵬又小心地撥弄「電視機」上的許多按鈕，有兩盞小紅燈，居然亮了起來，機內也發出了低微的「螢螢」聲。不一會，便開始出現了一絲一絲閃動的光線。

革大鵬終於停了下來，他放下了那部電視機，又手捧着頭，呆了好一會，才道：「我肯定這個星球，有比我們更高級的生物來過。」

我們都不出聲，革大鵬望着冰上，已被鑽出的一個徑達三尺的圓坑，突然躍出了飛艇，到了那個小坑的邊上，向下看了一會。

等他再直起身子來時，在柔和的藍色的光芒映照之下，他面上的神色，青得可怕。而更可怕的是他那種張口結舌的情形！

我是四個人之中第一個跳出飛艇，便立即向他發問的人，我尖聲道：「你看到了什麼？」

我本來是一面問，一面向前奔了出去的。

可是我才奔了一步，便陡地停住了。

我之所以停住，是因為革大鵬的一句話，革大鵬指着那個坑，講話的神態像是夢遊患者一樣，他道：「他在裏面。」

我明白「他在裏面」這四個字的意思，這也是為什麼我要突然停下來的原因。因為剛才革大鵬還在說「我肯定有人到過這星球」，接着他便講「他在裏面」，那當然是說，到過星球的人，正在這個坑裏面！

那個人是什麼樣的「人」呢？我們稱他為「人」，但是「他」可能完全沒有人的形狀，「他」或者像八爪魚，或者像一蓬草，甚至可以像一堆液汁，一個多邊形的怪物，我的心頭怦怦亂跳，一時之間，竟沒有勇氣再向前跨出一步去。

白素在我的身後叫：「老天，他……他是什麼樣子的？」

革大鵬低下頭去，望着那個小坑。我等待着他說出那人最可怕的樣子來。

但是革大鵬卻道：「他和我們完全一樣。」

我大大地鬆了一口氣，這才有勇氣繼續向前走了過去，來到坑口，向下望去，看到了那個「人」。那個人的身子微微地縮着，在淺藍色的冰層之中凍結着。

看他的情形，就有點像琥珀中的昆蟲一樣，人在冰中，可是他的頭髮、眉毛，我都可以看得清清楚楚。他雙手作捧着什麼東西之狀，而他雙手的距離，大約是一呎左右。

這使我肯定，他在臨死之前（他當然死了），捧着那部電視機，他可能是捧着電視機，微彎着身子在看着，突然之間，身子被冰層凍住了。

他神情平靜，是一個三十出頭的男子，棕髮，身上穿着一件灰色的，類似工作服似的制服，左腕之上，還帶着一隻手表。

這完全是一個地球人，可以說，這完全是和我們一樣的地球人！

這時候，白素等三人，也已站在坑邊上了，我們並沒有花了多少功夫，就將那個人從冰層上拉了上來。

因為那人身上面的冰層十分薄，剛才若不是革大鵬看到了那部電視機，而立即停止了鑽頭的話，一定將那個人的身子弄得稀爛了。

那人的高度大約是五呎九吋，他的肌肉僵硬，但由於嚴寒的緣故，色澤卻未變。

我們想掀開他的眼皮，卻未能成功。

革大鵬跳進了那個坑中，希望發現更多的東西，我則在那個人的身上搜尋着，看看可有什麼足以證明那個人身分的文件。

那人身上的冰層，隨着我翻動着的身子，而簌簌地落了下來。空氣溫度仍然是在冰點以下，所以冰層落在冰上，也並不溶化，而那人的身子也十分僵硬，我拉開他的衣服的時候，衣服竟因為結了冰的關係，變得脆而硬，斷了開來。

我找遍了那人的口袋，並沒有發現別的什麼，只不過發現了那一張類似工作證件的東西。

說這東西「類似工作證件」，是因為這一張卡片，約有兩吋寬，四吋長，上面有一張小小的相片（正是那個死人），還有一些表格，上面也填寫着一些文字，完全像是一張工作證。

然而，在這張卡紙上的字，我卻一個也不認得，所以我也不能肯定它是工作證。

除了這張卡紙以外，沒有別的發現。

而這個人看來的的確確是地球人。

但，如果他是一個地球人的話，他是怎麼會在這裏的？他被凍死在這裏已經有多久了？他是怎麼來的？為什麼他只是一個人……

這樣的疑問，我可以一口氣提出好幾十個來，但是卻一個也難以解答。

革大鵬在那個坑中又找了一回，顯然沒有新的發現，他抬起頭來問我：「怎麼樣，你有什麼發現？」

我肯定地道：「這是一個地球人，一定是的。」

白素帶着懷疑的眼光望着我：「那麼，他是怎麼來的，你何以如此肯定？」

我攤了攤手：「你看，你能說他不是地球人麼？他不是地球人，難道是這個星球的人？」

革大鵬走了上來，我們五個人仔細地研究那個被凍僵了的人的一切，只差沒有將他解剖開來，我們都認為他是一個地球人，雖然這樣的論斷，要帶來許多難以解釋的疑問。

但即使我們肯定了他是地球人，也沒有用處，對我們企圖了解這個星球的願望毫無幫助。

我們只好仍然將他放在冰上，又登上了飛艇，繼續察看這個星球。

這時候，我們五個人都不講話，我想我們心中的感覺都是相同的。

當我們在無邊無際的太空飛行的時候，都希望可以遇到一個星球。

當我們發現了這個星球的時候都十分高興，即使我們發現這個星球的表面，除了藍色的冰層之外，幾乎沒有別的什麼，我們也一樣高興。

但如今，我們卻在這個星球上發現了一個人，這個人死了，而他在死前，又是握着一個電視接收器在工作着的，我們都認為他是地球人！

這一來，我們的心情變得十分異樣，被一團謎一樣的氣氛所籠罩，心中充滿疑問。

這使我們連講話的興致也提不起來了。

飛艇一直向前飛着，離冰層並不高，我們向前看去，除了那種藍色的冰層之外，什麼也沒有，足足飛了三小時，格勒才首先開口：「我看這星球上，只有他一個人。」

革大鵬道：「或許是，但即使是一個人，他也一定有什麼工具飛來的，他坐來的飛船呢？在什麼地方？怎麼會不見呢？」

我道：「你不是說，在這個星球上，發生過一場極大的核子爆炸嗎？會不會——」

革大鵬不等我講完，就接上去：「會不會一切全被毀滅了？」

我點了點頭，因為我正是這個意思。

革大鵬不再出聲，他將飛艇的速度提得更高，冰層在我們的身下瀉一樣的移動。

而這個星球上，似乎是沒有黑夜，也沒有白天，它永遠在那種朦朧的、柔和藍色光芒的籠罩之下。我們飛艇已飛行十二個小時了，我們所看到的，仍然是一片藍色的冰層。

革大鵬將駕駛的工作交給了格勒，他自己則在座位上閉目養神。

我和白素早已假寐了幾個小時，革大鵬雖然閉着眼睛，可是他的眼皮卻跳動着，所以我知道他並沒有睡着，我正想問他一些問題時，便看到了那個隆起物。

那個隆起物高約二十尺，是平整的冰層之上唯一的隆起物。

如果只是一個冰丘，那我們四個人還是不會叫起來的，我們的飛艇，迅即在那個隆起的上面掠過，就在掠過的那一瞬間，我們都看到，在約莫一呎厚的、透明的淺藍色冰層之下，是一堆石塊，那一堆石塊的形狀，很像是一個墳墓，因為那一瞥的時間，實在太短了，所以我們也不能肯定那究竟是什麼。

飛艇立時倒退停下，我們一起出去，來到那隆起物前。

然後，我們都看清楚那的確是一座墳墓，那是一座中國式的墳墓，由整齊的石塊，砌成半圓形的球體，在墓前有一塊石碑，石碑斷了一半。

在那沒有斷去的一半上，透過冰層，可以清楚地看到碑上所刻的字。

字，是中國字，我們所能看到的，是「雲之墓」三個字，當然，上面本來可能還有兩個字，或是三個字，如「×公×雲之墓」那樣。

看到了這樣的一座墳墓，我們都呆住了。

我們準備在這個星球上發現一切怪異的事物，無論是八隻腳、十六隻腳，甚至有一千隻、一萬隻腳的怪人，我們都不會驚訝。因為我們是飛越了如此遙遠的太空而來到這裏的。

在一個陌生的地方，當然要有發現怪物的思想準備。

然而我們此際發現的卻並不是什麼怪物，而是一座墳墓——一座中國式的墳墓。

對我和白素來說，這更是司空見慣的東西，然而，當最普通的東西，出現在這裏的時候，我們幾個人，卻都被嚇呆了。

因為這幾乎是不可能的事！

任何會動的東西，都有可能在這裏被發現，甚至一具死人，我們也不感到意外，因為死人總是先活過的，在他活的時候，總可以移動的。

儘管如何移動，如何會來到這星球之上，那是一個謎，但總還有一點道理可講。然而，一座墳墓——由石塊砌成的墳墓，一座中國式的石墓，會被發現在這個星球上，實在太不可思議。

好一會，我們五人之中，才有人出聲，那是法拉齊，他以一種異樣的聲音叫道：「這是怎麼一回事，這……究竟是什麼？」

革大鵬粗暴而不耐煩地道：「這是一座墳墓，你難道看不出來麼？」

法拉齊道：「我……當然看得出，可是它……它……」他的話還未曾說完，便又被革大鵬打斷了他的話頭：「快回飛艇去，將聲波震盪器取來。」

法拉齊走出了一步，但是卻又猶豫道：「你……你是要將這墳墓弄開來？」

革大鵬道：「當然是。」

法拉齊想說什麼，又沒有說，急步向飛艇奔過去。他甚至在慌亂間忘記了使用「個人飛行帶」，以致在冰上滑跌了好幾交，才到了飛艇之上。不到兩分鐘，他便提着一個箱子，飛了回來。

在法拉齊離開的兩分鐘內，我們四個人都不說話，革大鵬伸手接過了那個箱子，打開了蓋子，轉動了幾個鈕掣，又揮手叫我們走開。

我們退後了幾碼，只聽到那箱子發出一種輕微的「嗡嗡」聲，看不見的聲波向石墓傳出，石墓上約有一呎厚的冰層，開始碎裂、落下。

前後只不過一轉眼功夫，冰層已落得乾乾淨淨，白素首先向前走去，我也跟在後面，這時，我們已可以伸手觸及那石墓，那絕不是幻覺，我們所摸到的，的確是一座用青石塊砌成的墳墓。

我將手按在斷碑上，轉過頭來，道：「革先生，這件事你有什麼想法？」

革大鵬大聲回答：「沒有！」他隨即又狠狠地反問我：「你有？」

我不想和他爭吵，只是作了一個手勢，以緩和他的情緒，同時道：「或者有一個叫作什麼雲的中國人來到這星球上，卻死在這裏，而由他的同伴，將他葬在這裏了。」

我對自己解釋本就沒有什麼信心，而革大鵬聽完之後，又「哈哈」大笑起來，這更令我感到十分尷尬，革大鵬笑了半晌之後，才道：「你的想像力太豐富了！」

白素道：「如果不是那樣，還有什麼別的解釋呢？」

革大鵬道：「你們退後，等到高頻率的聲波使石塊分離，我們看到了墳墓內部的情形之後，或者就可以有結論。」

我拉了拉白素，我們又向後退。

革大鵬繼續擺弄他的「聲波震盪器」，沒有多久，我們便聽到石塊發出「軋軋」的聲音，墓頂的石塊，首先向兩旁裂了開來，這時候，我的心中竟產生了一種十分滑稽的感覺，像是我正在看「梁山伯與祝英台」中「爆墳」這一場！

石塊一塊一塊地跌了下來，當然，墳中沒有「梁山伯」走出來，也沒有「祝英台」撲進去，我們只是全神貫注地注視着。

石塊被弄開之後，我們看到了鋪着青石板的地穴，在青石板下面，應該是棺木了，革大鵬是離石墓最近的人，他向青石板上看了一眼，面色就整個地變了，只見他呆如木雞地站着，目光停在青石板上。

我急步向前走去，一看到青石板上的字，我也呆住了，青石板上刻着：「過公一雲安寢於此」幾個字。這一行字還不足以令我震驚，最令人吃驚的是在這一行字的旁邊，還有一行字，比較小些，乃是「大清光緒二十四年，孝子……」

下面的字，突然跳動起來，那當然不是刻在石板上的字真的會跳動，而是看到了「大清光緒二十四年」這幾個字，我已經感到天旋地轉了！

這是怎麼一回事？

大清光緒二十四年，一個姓過、名一雲的人死了，他的兒子為他造了墓，立了碑，使他安眠於地下，但這座墳墓卻在我們乘坐飛船，在經過了如此遼闊的太空之後，才到達的一個星球之上出現！

我感到幾乎跌倒——如果不是白素及時來到了我的背後，將我扶住的話，我一定早跌倒了。

但是，當白素看到了青石板上的那一行字之際，她反而要我扶住她，才能免於跌倒了。

格勒和法拉齊活在他們的時代，顯然看不懂這些猶如我們看甲骨文差不多的中國文字，是以並不知我們二人驚惶的原因。

他們連聲地問着，我只回答了他們一句話，便已使他們的面上發白了。

我說的是：「根據青石板上所刻的記載，墓中的人，死在公元一八九九年，同年下葬，這座墓也是在那時候築成的。」

法拉齊的面上，甚至變成了青綠色。

革大鵬抬起頭來，道：「你還以為他是死在這個星球上的麼？你敢說在一八九九年，人便可以超越太空，來到了這個星球上麼？」

我搖頭道：「當然不，可是，這究竟是怎麼一回事呢？」——最後這句話，是我們四個人一起提出來的。

革大鵬的面色沉重到了極點，他背負着雙手，來回地踱着步，一聲不出，只是在冰上團團地轉着圈子，我們都耐着性子等着他，只見他踱了十來分鐘，陡地停了下來。他停下來之後，面上的肉在抖動着，以致他的聲音在發顫，道：「除非是……那樣。」

我們一齊問道：「怎麼樣？」

他揚起手來，指着墳墓，他的手指在發抖。我認識革大鵬以來，第一次看到他那樣子，我也難以說出他究竟是害怕，還是激動。

我們只是望着他，並不再問。

他深深吸了一口氣：「我們一看到了那座墳墓，第一個想到的印象，第一個產生的疑問是什麼？」

白素道：「第一個疑問當然是：它是怎麼會在這個星球上的。」

革大鵬點頭道：「是了，所以我們第二個疑問，便是它是怎麼來的；第三個疑問便是：什麼人將這座墳墓搬到這個星球來呢？這樣一個疑問接着一個疑問，我們便永遠找不到答案了——除非根本推翻這些疑問。」

我們都不明白革大鵬的意思，自然也沒有插言的餘地，我們等着他發言。

革大鵬苦笑了一下：「根本推翻這些疑問，我們應該把它當作一件最平凡的事情來看，朋友們，如果你們在中國的鄉間，發現了這樣的一座墳墓，你們會不會心中產生疑問，問它是為何會在這裏的？」

我有些悻然，因為革大鵬未免將問題岔得太遠了，我就道：「當然不會，這樣的石墓，在中國的鄉間，實在太多。」

革大鵬攤了攤手：「是啊，那為什麼我們現在要覺得奇怪呢？」

白素一定是首先明白革大鵬的這句話中，那種駭人的含意的人，因此她立即緊緊地握住了我的手臂，並且發出了一下低叫。

白素絕不是神經過敏、無病呻吟的人，她那種反常的緊張神態，給了我一種啟示，陡然之間，我也明白革大鵬的意思了。

我失聲叫道：「不！」

我只能叫出這一個字來，因為叫出了這一個字之後，我便覺得手腳發麻，舌頭僵硬，再也講不出一個字來，只是望着革大鵬。

格勒和法拉齊兩人卻還不明白，他們齊聲問道：「什麼意思？」

革大鵬不出聲，我和白素則根本是出不了聲，所以並沒有人回答他們兩人的問題。

他們兩人互望了一眼。

接着，格勒也明白了，他的面色變了，他的身子在發顫，儘管他生活在比我和白素遲一百年的世界上，可是當他意會到了革大鵬的話中含意後，他的反應，也和我們一樣！

他指着革大鵬，道：「你……你是說……這座墳……不，不會是那樣的？」

革大鵬卻無情地道：「不是那樣，又是怎樣？」

格勒無話可說了，革大鵬大聲道：「這座墳根本沒有動過，它築好的時候在這裏，一直到現在，仍然是在它原來的地方。」

法拉齊也明白了，他只是可笑地搖着頭。

革大鵬一字一頓：「我們如今不是在什麼新發現的星球上，而是在我們出生、我們長大的地球上，我們回家了！」

他那一句「我們回家了」，聲音嘶啞而淒酸，聽了之後，令得人陡地一沉，像是沉下了一個無比的深淵，再難上升一樣。

而他自己，雙腿也是不住地發抖。

法拉齊呻吟着，道：「我們在地球上？我們的地球……是這樣的麼？月亮呢？滿天的星星呢？山脈和河流，城市和鄉村，在哪裏？在哪裏？」

他一面叫，一面甚至可笑地用手去刨地上的冰層，像是可以在冰層下找到月亮、星星、山脈、河流、城市、鄉村一樣。

而更可笑的是，他那種神經質的舉動，竟也傳染給了我們，若不是革大鵬陡然之間大喝了一聲的話，只怕我們都要和他一樣了。

革大鵬竭力使自己的聲音鎮定，道：「我的推斷，你們都同意？」

白素首先回答：「你的推斷，還難以令人信服，如果我們是在地球上，為什麼什麼都沒有了呢？又為什麼這座墳墓還在呢？」

革大鵬沉聲道：「一場巨大無比的核子爆炸，毀了一切，使地球上原有的一切，都變得不存在，高山化成熔岩，城市成了劫灰，這場爆炸，甚至影響了地球的運行軌道，使得地球脫出了軌道，脫出了太陽系，甚至遠離了銀河系，來到了外太空，成為孤零零的一個星球！」

他喘了一口氣，又繼續道：「而這個墓和我們發現的那個人，卻因為某種還不知道的原因，被幸運地保存了下來，整個地球上，這樣被幸運保存下來的東西，當然還有，我相信還可以找得到的。」

白素側着頭，問道：「那麼，你所說的核子爆炸，是在什麼時候發生的？」

革大鵬攤開了雙手，道：「不知道，小姐，我和你相差了一百年，但是我們的飛船由於遇上了宇宙間神奇的震盪，巨大的震幅將我們帶前了一百年，而我們的飛船在飛行中，又曾遇到過劇烈的震盪，又怎知道我們在這次劇烈的震盪之中，不是被帶前了幾百年，甚至是幾千年、幾萬年？」

我們又靜默了好一會，我才苦笑了一下：「照你所說，我們如今是在地球上，但是卻是在未來的地球上？不知道多少年之後的地球？」

革大鵬點頭道：「是，我的意思正是這樣，如果我是歷史學家的話，我一定將這地球的末日，定名為後冰河時期——」

他講到這裏，突然怪笑了起來，道：「地球上一切生物都毀滅了，還有誰來研究歷史呢？」

我苦笑了一下，道：「你們的時代中，已沒有了國與國的界限，在這樣情形下，還會有戰爭？」

革大鵬冷然道：「我沒有說是戰爭摧毀了地球，而說是一場核子爆炸，可能核子爆炸發生在別的星球，譬如說太陽忽然炸了開來，那麼九大行星自然都毀滅了，太陽爆炸可能是自然發生的，也可能是人為的——」

他講到這裏，面上突然露出了一種極度懊悔和痛苦的神情來。

我們都知道，革大鵬曾經想利用這艘飛船，飛向太陽，利用太陽上無窮無盡的能量來對付地球，就是在他飛向太陽的途中，遇上了宇宙震盪，是以才令到他們在時間上倒退了一百年的。

而這時，當他想到了核子爆炸可能是來自太陽，而又有可能是人力所為的話，他心中的難過，自然可想而知，因為也有可能，是他利用太陽能量的理論，造成這樣的結果！

真正的原因如何，當然沒有人知道，但是想到有一點點關係，又眼看美麗的地球變成了死域，任何人都會難過。

我拍了拍革大鵬的肩頭：「地球末日的來臨不會因為是你！」

革大鵬向我瞪着眼：「你怎知道不是呢？」

我還想說什麼，法拉齊已哭叫了出來：「我們怎樣回去呢？」

格勒勉強打了一個哈哈：「你怪叫什麼，我們的處境並沒有什麼改變，我們從退後一百年，到超越了幾百年，反正不在我們自己的時代，那又有什麼不同的影響呢？」

格勒的話，倒令法拉齊安定了不少，但是他仍然哭喪着臉：「可是……可是那時還有人，如今連一個人也沒有！」

格勒道：「那還好些，有人的話，怕不將我們當作展覽的怪物了！」

法拉齊不再出聲，革大鵬沉默地踱着步：「我們再向前去看看，假定這裏是中國，那麼飛船降落的地方，應該是原來的太平洋，我們再向前方向不變地飛去，看看我的推斷可準確。」

第九部

復活的死人

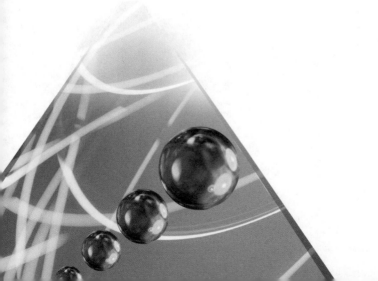

我們五個人又一齊上了飛艇，向前飛去，三小時後，我們發現了一些石柱，毫無疑問，這是中亞細亞的建築，我們略看了一會，再度起飛。

在接下來的兩天中，零零星星，發現了不少東西，但加起來也不到十件。它們包括：一個牛骨製成的雨傘柄、一個石頭刻成的人頭、一堆難以辨認原來是什麼東西的鋼鐵，白素說那是巴黎的艾菲爾鐵塔，革大鵬居然同意，因為照他的推斷，這裏正應該是歐洲部分云云。雖然所到之處，全是堅冰，但是我們正是在地球上，這卻愈來愈肯定了。

三天之後，飛艇來到了我們飛船撞出的大坑上面，革大鵬本來已準備將飛艇下降，可是忽然之間，我們都看到了那個人！

陡然之間，我們的飛艇由於駕駛者革大鵬的驚惶，幾乎撞到冰層之上，幸而他及時回復了鎮定，才使飛艇在冰上停了下來。

那個人，我們都是認識的，他正仰躺在深坑的邊上，睜着死魚似的眼睛，望着我們。

這個人，就是我們將之從冰層之中掘出來的那個！

我記得清楚，那人的眼睛是緊閉着的，我曾想拉起他的眼皮而不果，如今他何以又睜大了眼睛，在望着天空呢？

飛艇停了下來，我們五個人沒有人跨出飛艇，都定定地望着那個人。

只見那人的身子，雖然躺着不動，可是他看來泛着灰白色的眼球，卻在緩緩地轉動着，我不禁失聲道：「天啊，他是活的！」

革大鵬道：「是，他活過來了。」

我幾乎是在呻吟：「活過來了？」

革大鵬一按鈕，飛艇的穹頂升起，他連爬帶滾地出了飛艇，向下落去，奔向那人，那人抬起手來，向他招着，我頓時明白革大鵬所說「活過來了」的意思了，突如其來的嚴寒，將那人凍在冰層之中，使他身子的一切機能，都停止了活動。

他在被我們救了出來以後，身外的嚴寒消散，他身子的一切機能，重新開始工作，於是，他便活過來了，他「長眠」了多少時候，那是連他也不知道的，但是事情究竟發生在什麼時候，是因為什麼才毀滅了地球，使得地球成為外太空中孤零零的一個星球，這個人一定知道。

革大鵬已來到了那個人身邊，那人似乎在講話，而革大鵬卻聽不懂。

我這時更加相信革大鵬的推斷，我們如今可能是在時間極後的地球上，那人所講的話，一定是地球毀滅之前的那個時候的一種世界性語言，而那天線上的文字，也當然是那時的世界性文字。

我們一起走過去，那人所講的話，我們果然聽不懂，那人只是在重複着同一個字。

革大鵬正在以種種他所會講的語言在問那個人，但那個人當然也聽不懂他的話。

革大鵬是極富語言才能的人，他講了十幾種語言，那人還是不斷搖頭。我看出那個人十分虛弱，便建議道：「快給他吃一點東西吧。」

一言提醒了革大鵬，他連忙取了一片片狀食物，塞入了那人的口中。

那人的眼珠翻着，過了不久，居然搖搖晃晃地站了起來。

可是，他本來就是在坑邊上的，一站了起來，身子向前一俯，便向深坑中跌了下去！

革大鵬伸手便抓，抓到了那人的衣服，將他再拉住。

如果我們早知道這個人會活過來的話，那我們怎會離開他？我們一定守護着他，等他醒過來，向他詢問這裏的一切。

我們如今雖然已找到了不少資料，憑藉這些資料的判斷，也約略知道了一些梗概，但我們所得的那些資料，和我們的臆測，當然萬萬及不上那人開口的一句話。

革大鵬拉住了他，又大聲詢問了幾句，那人垂着頭，也不知道他是不是聽到了，更不知道他聽到了之後，是不是明白。

我們都跟着革大鵬大叫大嚷，我甚至叫出了浙江家鄉的土話來，希望那人能夠聽得懂。

可是那人的頭部愈垂愈低，革大鵬本來是提着他的身子的，這時也鬆了手，任由那人倒在冰上，我還不肯放棄，向那人走過去。

就在我走到那人身邊的時候，突如其來的變化發生了，那人忽然發出了一下怪叫聲，聲音與其說是人在叫，還不如說是一頭什麼怪獸在叫的好。

隨着那人一聲怪叫，那人向上疾跳了起來，看他剛才那種虛弱的樣子，實難以相信他還會有那麼充沛的精力，一躍三四呎高下的。

他躍高了三四呎之後，在地上打了一個滾，滾出了兩碼，又跳了起來。

他的動作是如此之矯健，那完全是一個受過訓練的運動健將。

我們幾個人都被這突如其來的變化弄得呆住了，直到那人站在我們三碼開外處，以一種我們聽不懂的語言，急急說話時，我們才如夢初醒！

那人這時候面上的神情，十分之怪異，他的眼中，也射着怪異的光芒，他一面望着我們，一面向四周圍看着，當他看清了四周圍的環境之後，他面上更露出了十分惶恐、激怒的神色來。

總之，這個人的一切神情、動作、聲音，都表示他的心中，正極度地不安！

他不斷地說着我們聽不懂的話，令得我們無法插嘴，而我們也無意插嘴，我們幾個人的想法都是一樣的，先要使這個人鎮定下來。

我們推測，當那場翻天覆地的大變化來臨時，那人大概是立時「死」去了。然而他卻不是真正死了，而是生命被驟然而來的冰層「凍結」了。

在他的「生命」被凍結之際，時間對他來說並沒有意義。

他可能被「凍結」了好幾千年，才被我們將他從冰層之中，掘了出來。但不論是多少年，在他來說，全都等於一秒鐘。

而且我們更可以聯想到，在我們離開的三天中，他雖然醒了，但是卻還在昏迷的狀態，那就像一個人剛睡醒的時候一樣，有點迷迷糊糊，而直到此際，他才是真的醒過來了。

當然，在他生命「被凍結」的一剎那，可能地球還十分美好，絕不像現在那樣，所以當他醒了過來，看到了四周圍的情形，他便感到了極度的不安、驚恐，以及對我們起了戒心。

說不定他的心中，正以為我們是外星人，已將他從地球上擄到這個滿是藍色冰層的星球上來了！

他一面叫着，一面向後退。

我們都知道，在一個短時間內，我們想和這個人通話會有困難，因為他屬於什麼時代，我們並不知道，他所生活的那個時代，地球上的語言和文字，已起了根本變化，這是毫無疑問的事情。

革大鵬望着他，低聲道：「糟糕，他無法長期抵受輻射的侵襲，我們還有可以防止輻射的個人飛行帶，可以供給他一副。」

我苦笑道：「如果是一句簡單的話，或者可以用手勢來表明，但是這樣複雜的一句話，怎樣向他表示才好呢？」

我們兩人低聲交談，帶給那人更大的不安，他又後退了好幾步，突然他一翻手，我看到他的掌心之中，已多了一個如同手表大小的圓形物。

我曾經搜過那人的身，當時除了一張類似工作證的東西之外，什麼也未曾發現，也不知道他這時手中所持的東西是從什麼地方來的。

當然，我們也不知道那是什麼，它可能是那人的時代的秘密武器，他的動作，使我們也緊張起來，法拉齊也揚起了他的武器。

我們就這樣對峙着，那人不斷地在擺弄那手表似的小東西，並且東張西望，神色緊張，突然之間，那人叫了一聲，向左方奔出去。

我和革大鵬連忙跟了上去，在冰上奔走，十分困難，那人奔了不到幾步，便仆跌在地，又爬了起來。我因為對「個人飛行帶」這東西並不習慣，所以總是忘了使用。

但是革大鵬卻不然了，他才奔了一步，便立即開動了「個人飛行帶」，他的身子飛快地在那人頭上掠過，攔在那人的面前。

那時，正好是那個人跌倒了之後，又爬了起來的一剎那，他的去路已被革大鵬阻住。

接着，我也開動了「個人飛行帶」，趕了上來，將他的退路堵截住了。他陡地轉身，和我打了一個照面，立時又轉而向左，可是格勒已趕了上來。法拉齊和白素也隨即趕到，那人已被包圍了！

那人的神情，簡直就像是一頭被包圍的野獸一樣，他蹲着身子，不斷地望着我們，和發出十分惱怒的吼叫聲。就在這時候，白素已急急地道：「你們都退開去，不要使他的心中更加不安。」

白素接着道：「我們要和他變成朋友，才能從他的口中了解到這裏究竟曾發生過什麼事情，你們這種樣子，將他嚇壞了！」

我們四個男人互望了一眼，都覺得白素的話有理。可是我卻不放心，因為白素畢竟是我的未婚妻，而那人的一副神態，實在令人不敢恭維。

我連忙道：「你小心，這傢伙可能不是什麼好東西，你怎知道他願意對我們友善。」

白素望了我一眼：「當你要和一個人做朋友時，首先你自己先表示友善，然後才能在對方的身上，找到友善。」

我們不再說什麼，向後退了開去。

我的手按在「個人飛行帶」的發動掣上，我準備隨時趕向前去。

當我們四個人，每人都退了幾碼之後，白素帶着十分安詳，即使一個白痴看了，也可以知道那是絕無惡意的美麗笑容，向前走去。

那人一見我們退後，本來是立即想逃的，可是他看到了白素的那種笑容，神態立時安定了下來，本來他是微傴着身子的——那是任何動物受驚時的一種本能反應，就像貓兒遇到了狗，便拱起了背一樣。

這時，他的身子已站直了，但他的面上，仍然帶着戒備的神色。

白素在他面前站定，向她自己指了一指，又向那人指了一下，再搖了搖手。她的意思，我自然是明白的，那就是說她對他絕沒有惡意。

可是那傢伙卻顯然不明白。

白素笑道：「你完全聽不懂我們的話？」

她一面講，一面做出手勢，那人大概懂了，他搖了搖頭，接着，也講了一句話。他説的那句話，當然我們也是不懂的。

白素也真有耐心，她不斷地和那個人做着各種各樣的手勢，反覆地講着同一句的話，希望那人能夠明白她的意思。然而，經過了半小時之久，那人和白素之間，顯然仍未能交談到一句完整的話。

革大鵬開始有點不耐煩了，他高聲叫道：「白小姐——」我想，革大鵬大概是叫白素不要再和他浪費時間了，白素一聽得革大鵬的叫喚，她立時轉過頭來。

我不知道「白小姐」這三個字，在那人所通曉的語言之中，是代表着什麼意思，但我想至少和「殺了他」差不多。

因為那人一聽到革大鵬的叫聲，面色立時一變，而當白素轉過頭來時，那人竟立即揚起手掌，向白素的後頸砍下去。

事情來得那麼突然，以致我立時按下了飛行帶的發動掣，但是急切之間，卻忘了調節飛行的速度和方向，那使得我在一下驚呼聲中，身子衝天而起。

我在半空之中，向下看去，才看到當那人一掌劈下去之際，白素的身子，突然一矮，一個反手，已抓住了那人的手腕。

接着，白素的手臂一揮，那人的身子，自她的肩頭之上，飛了過去。

人人都以為她這一揮之力，那人一定重重地撻在冰層之上，但是白素的右手，卻及時地在那人的腰際托了一托，使那人重新站立，白素也立時鬆開了手。

她這樣做，當然是表示她沒有惡意，我在半空之中看到了，也立即放下心來。

然而，就在那一剎間，事情又發生了變化！

只見那人呆了一呆，突然又向白素伸出手來，看白素的情形，以為那人是想和她握手，所以她也毫不猶豫地伸出了手去。

兩人一握手，白素的面色，便立即為之一變，我已經看出了不妙，但是變故來得實在太快，那人的身子，突然以一種快得難以形容的速度，向前移出去，白素自然被他帶走了。

我立時按動飛行帶的掣鈕，在半空之中，追了上去，可是那人移動的速度，卻遠在我飛行帶的飛行速度之上許多！

向前望去，什麼遮攔也沒有，可以說一望無垠，但是那人帶着白素，卻在瞬息之間，便成了一個小黑點。

我連忙折返：「快，快開動飛艇去追，快去追他！」

我們四個人躍進了飛艇，革大鵬連透明穹頂都未及放下，便已發動了飛艇，飛艇以極高的速度，向前飛衝而去。

然而，當我們繼續向前飛去的時候，我們卻沒有發現那人和白素。

我焦急得額上滴下豆大的汗珠來。那人的一切，實在太怪異，他何以會移動得如此之快。我搜過他的身，他身上並沒有什麼東西，可以幫助他，使他移動得如此之快。若說是若干年後的人，便有這種自然的能力，這也難以使人相信。

我不斷地抹着汗，革大鵬陡然地看出了我心中的疑慮，他道：「你在檢查他的時候，一定忽略了他所穿的鞋子，是不是？」

我沒好氣地道：「他的厚靴子上，那時全是冰，我怎麼檢查？」

革大鵬瞪道：「這個人比我們進步得多了，飛行帶比起他的飛行鞋，就像是牛車一樣！」

我呆了一呆：「你說他的鞋子——」

革大鵬道：「是，他的鞋子利用一種我們不知道的能量，可以使人作迅速的移動！」

我反駁道：「那麼他在被我們圍住的時候，為什麼如此狼狽？」

革大鵬道：「你別忘了他是人，人不論有了什麼先進的器具，但他還是人，人是會慌亂的，在慌亂之中，任何器具都幫不了他的！」

這時候，我已經焦急得有些大失常態了，我苦笑道：「那麼，他將白素帶到什麼地方去了？」

革大鵬道：「我們繼續向前飛去，總可以找到的，你別急！」

飛艇繼續向前飛着，然而無窮無盡的冰層之上，卻是連一點和那種淺藍色的冰層不同的顏色都沒有，我不斷地注視着飛艇中的一幅熒光屏，那是飛艇雷達搜索波的反應網。

直到半個小時之後，我才看到，在熒光屏的左上角，有亮綠色的一點。

不等我出聲，革大鵬便立即將飛艇轉左，那一點亮綠色在熒光屏上愈來愈大，而且它的位置也漸漸地接近中心。

再過五分鐘，不必借助雷達探測波，我們從飛艇的透明穹頂上望出去，也可以看到引致熒光屏產生反應的那東西。

那是一個圓形的穹頂，十分大，可是這時正在迅速地向下沉去，也許它本來還要大。我們看到它的時候，它約有十五呎高，頂部圓形的直徑，約有三十呎，可是轉眼之間，它一呎一呎地沉下去，完全隱沒了。

在那個穹頂完全隱沒之後，熒光屏上那亮綠色的一點，也突然消失。

在穹頂隱沒之後的冰層，碎裂了開來，由於冰塊碎裂成粉一樣，所以迅速地恢復平整，冰粉融解之後，又凝結在一起，立即恢復了原狀。

如果不是剛才親眼目睹，那是絕難相信，在這裏剛才會有那麼巨大的一個半圓形球體，隱沒下去。

革大鵬幾乎已不在操縱着飛船，他和我們一樣，完全呆住了。

飛艇的自動駕駛系統，令飛艇降下。飛艇降落的地方，距離那球形的穹頂隱沒的地方，大約有三十呎。

我們都定定地望着前面——雖然前面早已沒有什麼了。

前面是一片平整，一片單調的淺藍色，然而我相信我們四個人的腦中，都亂得可以，至少我自己，就充滿了疑問。

那隱沒在冰層之中的是什麼東西？是「史前怪獸」的背脊？不，如果真是有什麼的話，我應該稱之為「史後怪獸」才是，因為我們所在的地球，是不知多少年之後的地球。

如果不是怪獸，那麼會不會是一座地下建築呢？若是地下建築的話，那就更駭人了，這說明地球上還有人居住，只不過是居住在地下，而並不是如我們想像那樣，由於充滿了輻射，和氣溫降至嚴寒，地球上的一切生物，都不存在了！那麼，住在這地下建築物的是什麼人呢？白素是不是被那個人拉進了地下建築物呢？

在地球上有着多少幢這樣的地下建築呢？我正在紊亂無比地想着，革大鵬已開始了行動。

他的手用力地按在一個按鈕之上，在飛艇的前部，立時伸出了一個管子。

也就在那一剎間，我聽得格勒叫道：「領航員！」

革大鵬的手仍按在那個按鈕之上，但是他卻沒有再繼續用力，他轉過頭來。

格勒道：「領航員，如果那是一座地下堡壘，那我們可能受到還擊！」

革大鵬面色微微一變，我不知道自飛艇首部伸出的是什麼樣的武器，但是如果剛才隱沒的那個球體，恰如格勒所料，是一座地下堡壘的話，那麼堡壘中的人，他們的科學水準，自然比革大鵬他們更高。

那麼，飛艇首部的那武器，在我看來，是新而玄妙的，在堡壘中的人看來，就十分古老而可笑，我們的飛艇，能經得起還擊麼？

我深信這就是革大鵬面上變色的原因，他呆了一呆，飛艇便向上升了起來，同時，我聽到飛艇外面，響起了一種輕微的「滋滋」聲，有一種灼亮的光芒，閃了一閃，而那根自飛艇首部伸出的管子，也發出了一種深沉的「嗡嗡」聲。

接着，在飛艇的下面，冰層又化為許許多多的冰粉，向四面八方，散了開去。不到一分鐘，幾呎厚的冰層，都被高頻率的音波驅散，露出了一個圓形的金屬穹頂的頂來。

那果然是一座地下建築物！

那不但是一座地下建築物，而且從它剛才隱沒地底的情形來看，它可以升上來，然後再沉下去，如果沒有人操縱控制，它又怎會這樣？

我們的心情都十分緊張，革大鵬將飛艇升得更高，以防止那「地下堡壘」突如其來的反擊。在空中向下望去，露在冰層之外的那個金屬圓頂，在閃閃生光，十分之詭異。

第十部

大家全是地球人

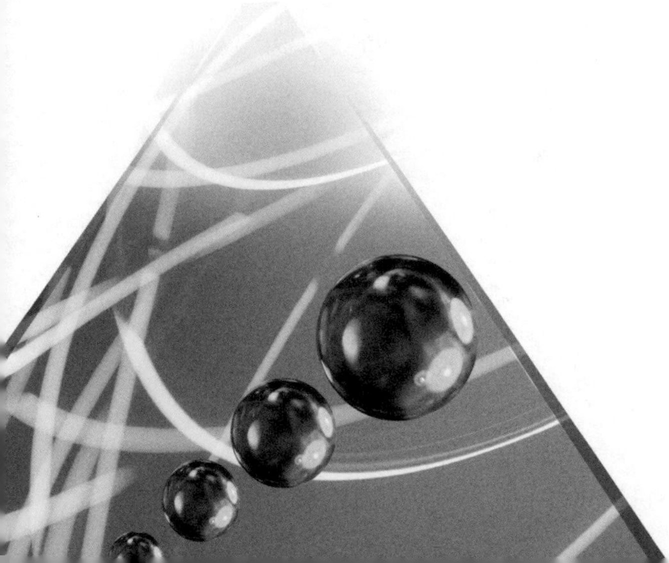

飛艇在高空中停了約莫八分鐘，從冰層中露出來的金屬圓頂，一點動靜也沒有。它沒有露出什麼武器來對付我們的飛艇，也看不到有人打開圓頂，向外走出來。

革大鵬咬着牙，飛艇又向下降去，終於，在那圓形金屬之旁，停了下來。

飛艇停下來之後，革大鵬又去按動另一個鈕掣。

但是他還未曾將那個鈕掣按下去，格勒便搶着道：「領航員，你要將它毀滅？」

革大鵬點了點頭。

要毀滅那個地下金屬體，我當然也沒有什麼意見，可是，就在一剎那間，我們每一個人都聽到，在那金屬圓頂之下，傳來了一下尖叫聲。

那一下尖叫聲，可以說微弱到了極點，如果不是四周圍根本一點聲音也沒有的話，那是絕不會聽得到的。

我連忙道：「慢着，這……可能是白素！」

革大鵬並不回答我，他的手已向另一個按鈕伸去，我看到飛艇的一旁，伸出了一根金屬軟管，那根金屬軟管的一端，附有一個吸盤似的東西，迅速地吸到了金屬圓頂之上。

格勒則調整着另一個裝置，我看到一個人在熒光屏中，不斷地出現變換的聲波形狀，然後，我們聽到了白素的聲音。

那絕對是白素的聲音，誰也不會懷疑那不是她在説話，她的聲音十分急切，聽來是驚訝多過恐慌，她道：「什麼地方？這是什麼所在？啊！那麼多儀表，你究竟是什麼人？他們為什麼死了？」

接着，我們又聽到了那人的聲音，那人的話，我們當然仍然聽不懂。白素又在叫嚷，看來好像是在一個極度怪異的環境之中，所以才在不斷地驚嘆。

她所講的，幾乎全是問話：「這是什麼？」「究竟是怎麼一回事？」等等。

我們聽了兩分鐘，革大鵬便轉過頭來：「她在裏面，我想，你可以和她講話的，我們既然能由這金屬穹頂上取得她講話的聲波，而加以擴大還原，你的聲音，當然也可以用同樣的方法，傳進裏面去！」

我不等革大鵬講完，便已經叫道：「素！素！你聽到我的聲音麼？」

白素的回答，立即傳了過來，她的聲音中充滿了喜悅，這使我放心不少，她道：「當然聽到，你在什麼地方？」

我急急問道：「你呢？你怎麼樣？那傢伙，他將你怎麼了？」

白素笑道：「我不知道，他拚命在對我講話，我想你也聽到他的聲音，只是我不知道他在講些什麼，他在弄一具像電腦一樣的機器，咦，他的語音變了，你聽到了沒有？他的語言在通過了那具電腦之後就變了，我相信那是一具傳譯機。」

我看不到那圓形金屬體內的情形，但是聽到白素那樣說，我也放下心來，因為那人雖然將白素擄了去，但是卻並沒有對她不利。

而且，我們也聽到，那人的聲音不變，但是他所講的語言，卻在不斷地變着，一會兒音節快，一會兒音節慢，一會兒聽來捲舌頭。

我們可以猜想得到，那傢伙一定是想通過一具傳譯機，找到和我們講的相同的話，以便和我們對答。當然那是好事，如果能和他交談，那正是我們求之不得的。

他用的語言似乎愈來愈怪，有一種竟像是鼓聲，有的竟像是喇叭聲，這傢伙一定將我們當作不知是什麼星球來的怪物了，在那具電腦的記錄之中，難道竟沒有地球人以前所講的語言麼？

白素顯然也和我們同樣地着急，她不斷地道：「不對，不對，我仍然不懂，唉，愈來愈離譜了，什麼叫咚咚咚咚？是在打鼓麼？」

足足過了十五分鐘，我們突然聽到了一句聽得懂的話，仍是那個人的聲音，高亢而急促，聽來十分之刺耳。

但是這句話，卻是我們聽得懂的，那是發音正確得像只在唸對白的英語，他道：「你們是什麼？」

白素立即叫道：「是了，我們可以談話了。」

那傢伙又問道：「你們是什麼？」

我對這個人的印象始終不好，他竟不問「你們是什麼人？」（Who are you），而問「你們是什麼？」（What are you），顯然他以為我們是別的星球上來的怪物，而不是和他一樣的人！

白素也夠幽默，她立即反問：「你是什麼？」

那人道：「我是人，是這個星球上的高級生物，你們是哪裏來的？」

白素道：「我們是從地球來的，我相信你是地球人，和我們完全一樣，是不是？」

那人呆了片刻，才道：「不可能，不可能，如果我們同是地球人——」

那人講到這裏略停了一停，在此期間，我們的心都向下一沉。因為從那人的這句話中，革大鵬的推測被證實了。我們正是在地球上，而不是在別的星球上。

但是，我們的地球，怎會變成這樣子的呢？

我們的飛船，究竟是經過了什麼樣的宇宙震盪，究竟超越了多少年的時間，來到了多少年之後的地球上面呢？剎那間，我們都感到一股莫名的茫然！

那人停頓了極短的時間，便又問道：「不可能，為什麼我們同是地球上的人，但我和你們講的話卻完全不同，為什麼？」

白素道：「我相信那是時間不同的關係，難道那具傳譯機上沒有註明如今傳出來的，是什麼星球上的語言麼，嗯？」

那人又停了片刻，我們才聽得他以一種近乎呻吟的聲音：「公元二一〇〇年以前，地球上通用的一種語言，稱之為英文，你們果然……是地球人。」

白素道：「對的，我們對你絕無惡意，而且你本來早就死了，是我們將你救活的。」

那人喘着氣，道：「胡說，我怎麼會死？我緊守工作崗位——」他的聲音又變得充滿了迷惘：「怎麼一回事？所有的一切，哪裏去了？為什麼只是冰層，究竟發生了什麼事？」

白素苦笑道：「那正是我們要問你的事。」

那人又半晌不說話，白素道：「我們的朋友正在外面，你將這個建築升上去再說，我想我們可以找出一個答案來的。」

那人「嗯」地一聲，我們已看到圓球形的建築物，慢慢地向上升了起來。

等到它完全從冰層中升起之後，我們看到那是一個大半圓形的球體。同時，球體上看來絕沒有門的地方，打開了一扇門。那門厚達四呎！

那球形的建築雖大，但如果它全部都有四呎厚的話，裏面的空洞，也不會有多大了。那扇門打開了之後，白素首先衝了出來！

她真的是「衝」出來的，因為她發動了個人飛行器，人是從門中飛出來的，她一到我們的面前，便興奮地道：「那人找到和我們通話的辦法了，你們快來，除了他之外，裏面還有幾個人，但他們都死了。」

我連忙道：「我們都聽到了。」

革大鵬按下掣，那根金屬管子縮了回來，我們四個人出了飛艇，一齊向那球形建築走去。到了門前，革大鵬停了一停，低聲道：「白小姐，你肯定他沒有惡意？」

白素道：「肯定！你看，這建築物的厚度可以經得起一場原子爆炸，你恐怕也難以攻得破它，是不是？」

革大鵬點了點頭，又喃喃地重複着白素所講的那句話：「經得起一場原子爆炸。」

我知道他的心中在想些什麼，因為在一到達這裏的時候，革大鵬便說，這裏曾經經過一場劇烈的原子爆炸，那球形的建築物，當然是已經經過了那一場劇烈原子爆炸，而殘留下來的東西。

白素的話使我們都放心了許多，我們跟着她，一齊走了進去。

一進門，便是向下的金屬階，那種金屬看來像是鋁——鋁本來就是地球上蘊藏量最豐富的東西，地球上的人類，會愈來愈多使用鋁來替代其他金屬，那是必然的事。

走下了三級鋁層，又是一扇門，不等白素伸手去推，門便自動打了開來，我們抬頭向前看去，看到一間十五呎見方的屋子。

這間屋子的三面牆上，都是各種各樣的儀表，還有四張椅子，每張椅子上都坐着一個人，其中的兩個，頭上還戴着一個耳機。

他們四個都已經死了，死亡可能是突如其來的，因為他們的臉上十分平靜，一點驚惶的神色也沒有。

在另一張椅子之上，坐着那個人，那個人的前面，有一具方形的儀器，他的頭部幾乎整個地套在那個方形的儀器之中。

我們走進來之後，他的身子縮了一下，將頭從那具儀器中縮了出來，向我們看了一下，但是他立即又將頭伸回去。接着，便從那具儀器上傳出那人的聲音，說的是標準卻聽來十分怪異的英語：「你們來了，你們靠左邊的牆站定，不能動任何儀器的按鈕。」

那人的口氣，使我們聽了，覺得十分不舒服。

但是白素覺得我們應該聽他的話，所以她連忙向我們做手勢，要我們站過去。可是革大鵬卻不買帳，他來到了一張椅子之前，一伸手，將一個死人推了下來，自己坐了上去。

我們則站在革大鵬的周圍，革大鵬還未開口，便看到那扇門關了起來。同時，我們也有在向下沉去的感覺。革大鵬怒道：「是怎麼一回事？」

那人道：「我們需要好好地談一談，不希望有人來打擾。」

革大鵬冷笑道：「你以為還會有什麼人來打擾？」

那人並沒有出聲，不過半分鐘，那種下沉的感覺，便已經停止了。

那人才再度開口，他的聲音聽來相當嚴肅：「各位，你們是在第七號天際軌道的探測站之中。」

什麼叫做「第七號天際軌道探測站」，不要說我莫名其妙，連革大鵬也莫名其妙！

我們都無從回答，那人又道：「看來你們不明白，第七號天際，就是七萬萬光年距離之外的天際，這個探測站是負責觀察第七號天際的一切的。我是探測站的負責人，迪安。」

我忍不住插嘴道：「你說你是地球人？」

迪安道：「是，我們生活的星球，我們稱之為地球，你們也生活在地球上？看來我們對『地球』這兩個字有着誤解，我生存的地球，是太陽系的行星之一，它的近鄰是火星——」

他還未曾講完，革大鵬已大聲地道：「你以為我們所稱的地球，是在太陽系之外？告訴你，我們同是地球人，而且，我們如今同在地球上！」

我也連忙道：「可是我們不明白，地球何以變成了這個模樣？何以什麼也沒有了？何以它根本脫離了太陽系，甚至脫離了一切星空？何以它竟孤零零地一個，懸在外太空之中？」

格勒則急問道：「發生了什麼事？發生了什麼事？」

法拉齊則尖聲叫道：「惡夢，這是一個惡夢！」

看來五個人中，還是白素最鎮定，她揮手道：「你們別急，讓迪安先生一個一個問題來回答我們。我們最急切要知道的是：地球上究竟發生了什麼事？」

我們都點了點頭，表示同意。

白素向迪安望去，可是迪安卻答道：「不知道，我完全不知道！」

革大鵬怒道：「那你知道什麼？」

迪安道：「我在離探測站不遠的地方，利用儀器，在檢查第七號天際發射來的微弱無線電波。不知道是什麼力量，使我突然失去了知覺，而等我再有知覺時，一切全變了，我看到了你們，你們怎來問我？應該我問你們才是道理。」

我們又七嘴八舌地問起來，白素揮着手：「靜一靜，我來問他，我相信我的問題，一定是大家都想問的。」

我們靜了下來，白素才緩緩地道：「你在失去知覺的那一刻，是什麼時候？」

迪安道：「是下午三時零五分。」

白素連忙道：「那是什麼年代，什麼年份？」

迪安的頭從那具儀器之中，縮了出來，望了我們半晌，嘰哩咕嚕地講了幾句話。但是他立即想到，他講的話我們是聽不懂的，必須通過那具電子傳譯機，他才能講出我們聽得懂的話，和聽懂我們的話。

所以，他的頭又縮了回去：「問這個是什麼意思？那是公元——你們懂得公元麼？那是公元二四六四年。」

法拉齊最先對迪安的話有了反應，他尖叫起來，道：「天啊，二四六四年，天啊，我們……我們……我們……又遇上了這種震盪，我們在退後了一百年之後，又……超越了五百年！」

格勒的臉色蒼白，但是他總算鎮定，他苦笑道：「有退步，自然也有超越。」

革大鵬則冷冷地道：「我們不止超越了五百年，我們究竟超越了多少年是無法知道，迪安是在二四六四年失去知覺的，誰知道他在那冰層之中，被埋了多少時候？或許是一千年，或許是一萬年！」

我和白素則根本無話可說。我們是一九六四的人，和革大鵬他們，已經有了一百年的距離，更何況是和迪安？在這場討論中，我們沒有插嘴的餘地。

迪安顯然也聽不懂革大鵬等三人在講些什麼，他連聲發問。

革大鵬道：「你先得準備接受你從來也想不到的怪事，我們三個人，是一艘太空遠航船的成員，當我們從地球上出發時，是公元二〇六四年。」

迪安尖叫道：「不！」

革大鵬道：「你聽着，我們本來是飛往火星的，但是我中途將太空船的航行方向改變，使之飛往太陽去，所以出事了——」

革大鵬才講到這裏，迪安便喘起氣來，他連聲道：「我知道你是誰了，我知道你是誰了！」

革大鵬奇道：「你怎麼知道？」

迪安道：「你一定是革大鵬，你那時是傑出太空飛行家，是不是？」

革大鵬呆了好一會，才道：「是，歷史對我們的記載是怎麼樣？」

迪安道：「你的太空船是那一個時期唯一失蹤的太空船，據調查的結果，你們的太空船擅自中途改變方向，在接近太陽時失蹤，可能是毀滅於太陽黑子爆炸時的巨大輻射波之下，而一點都沒有殘餘。」

革大鵬又呆了片刻，才苦笑道：「當然，如果是我，也不會推測到別的方面去。但事實上，我們並沒有毀滅，而且被一種震幅奇異的宇宙震盪，帶到了一百年之前！」

迪安的頭部再度從那具傳譯機之中，探了出來，但是他立即又縮回去：「一百年？」

革大鵬道：「是的，由於那種『震盪』，我們『回到』了一九六四年，所以我們遇到了這位衛先生和這位白小姐。我們繼續飛行，可是突如其來的『震盪』又發生了，在震盪停止之後，我們發現太空船的一切儀器，幾乎都損壞了！」

迪安的苦笑聲，聽來十分異樣。

革大鵬舐了舐口唇：「我們更發現是在一個沒有任何星體的空際飛行——其實不是飛行，而是因為某一個星體的吸力，在向它接近，接着，我們就降落在這裏了——降落在地球上了，但這場震盪，卻使我們超越了時間，至少達五百年，因為你失去知覺的時候，已經是二四六四年了。」

迪安呆了半晌，才道：「這可能麼？」

革大鵬並不回答他的問題，只是反問道：「迪安先生，你既然負責一個科學工作站，當然也是一個科學家，告訴我，二四六四年，人們仍然未曾發現宇宙中有這種震盪？」

迪安道：「沒有，從來也未曾聽説過這種震盪，而且我們也不知道有什麼力量可以超越時間，因為沒有一種速度比光更快的。」

革大鵬道：「不是速度，那是一種震盪，你明白麼？震盪發生的時間，或者只需要百萬分之一秒，但是它的震幅，卻是一百年。如果恰好碰上一種震盪的話，那麼，便等於在百萬分之一秒的時間內，前進或倒退了一百年！」

迪安道：「我不明白。」

看革大鵬的情形，似乎想發怒，但是他卻終於忍了下來，只聽到他嘆了一口氣：「這也難怪你，我的一生花在研究宇宙方面的光陰如此之多，可是老實說，我也不怎麼明白。」

直到這時候，我才有開口的機會，我道：「好了，如今事情已經比較明朗化了，我們這裏一共是六個人，全是地球人，但是卻屬於三個不同的時代：一九六四、二〇六四和二四六四。我們仍在地球上，但如今究竟是什麼年代，卻已無法知道。地球遭到了浩劫，只怕除了迪安先生一人之外，再也沒有生存的人了，你們可同意我的這一項總結？」

旁人都不出聲，迪安卻叫道：「只有我一個人了？不，那……不可能。」

我嘆了口氣：「迪安先生，這是事實，你大叫不可能的乃是事實。」

迪安不再出聲了。

我苦笑了一下：「如今我們自然不能再在這樣的地球上生存下去，我們要到在太陽系的地球上去，革先生等三人，要回到二〇六四年，我和白素，則要回到一九六四年去！」

我一口氣講完，迪安道：「那麼我呢？」

我呆住了。迪安是二四六四年的人，他當然應該回到他的年代去。但是，他的年代卻在地球毀滅、世界末日的年代，難道他真的再回去，再經歷一次突如其來的知覺喪失，被凍結在冰層之中麼？

呆了好一會，革大鵬才道：「迪安先生，你對於這場浩劫，當真一點線索都不知道麼？」

迪安道：「在我喪失知覺的前五天，全地球的人都知道，太陽的表面有五分之一，被一場空前巨大的黑子所遮蓋。」

我忍不住失聲道：「太陽被如此巨大的黑子所掩蓋，那不是天下大亂了麼？」

迪安道：「在我有記憶的日子裏，日子極其和平，人類致力於探索太空，雖然有不同意見的爭執，但是卻從來也未曾形成過過火的鬥爭，可是一到了非常時期，人類的弱點便暴露無遺了，人本是野獸進化而來的，不論他披上了怎樣文明的外衣，遺傳因子使人體內深藏的獸性，總有一天會發作出來。」

我們都覺得迪安的話，十分刺耳，但是卻又想不出什麼話來反駁他。只有白素，蹙起了雙眉：「這是什麼話？難道你否認人有着善良、高貴，全然不同於野獸的一面麼？」

迪安慢慢地轉過頭來，望了白素半晌，才又將頭伸回去傳譯機中：「你說得對，我也承認獸性在人身上已漸漸地泯滅，可是有件可悲的事實，你不得不承認。」

我和白素異口同聲地問道：「什麼可悲的事實？」

迪安講出來的話，是我們所意料不到的，因為他已經說過，他是在一個極其和平、沒有紛爭、人類全心全意地致力於科學研究的環境之中長大的。

在這樣環境中長大的人，是很難講出如此深刻的話來的——除非是在太陽大黑斑出現之後的五天中，地球上有了驚人的變化，才會使他的觀念，起了徹底的改變。

他道：「獸性在絕大多人的身上，已是微乎其微，幾乎不存在，這絕大多數的人，當然是善良、高貴，完全當得起人的稱號的人。可是，這絕大多數的人正因為太高貴、太善良了，所以就不可避免地，被另一撮極少數獸性存在他們身上的人所統治！」

我們都不說話，革大鵬、格勒和法拉齊等三人，面上略露出迷惘的神色來。

人統治人，在他們這個時代中，大約已經成了一個歷史名詞，所以他們聽到迪安這樣講法，便不免露出疑惑的神色。

但是，人統治人，對我們這個時代的人來說，卻是太使人痛心的感受。小部分的野心家發着囈語，用種種卑劣的手段，要絕大多數人服從他們的統治，這一種事在我們這個時代中的人，有誰沒有經歷過？

迪安停了片刻，才繼續講了下去，他的話，幾乎和我所要講的話，完全一樣！

他苦笑道：「獸性的狡猾、無恥、狂妄、兇殘，使這一小撮人成為了成功的統治者，而善良高貴的人，則只有默默地被統治着，當善良的人被統治得太久了，他們也會起來反抗，在劇烈的鬥爭中，已經泯滅了的獸性又再次被激發出來，你們說，人能夠擺脫獸性的影響麼？」

呆了好一會，我才首先開口：「迪安先生，在你這個時代中，應該絕不會有這種情形出現的了，何以你竟會講出那種痛切的話來呢？」

迪安道：「在太陽表面被大黑子覆蓋之後，一切都不同了。地球上出現極大的混亂。在混亂中，有人控制了月球基地，向全球的人提出了一種新的宗教，有的人將所有的太空船一齊升上天空，率先逃難，有的人在短短的時間內，發明了殺人的武器，建立了小型的軍隊，橫掃直衝，有的人……」

迪安講到這裏，痛苦地抽搐了起來。

我們絕對難以想像在這幾天之中的混亂情形究竟是怎樣的，因為我們距離迪安這個時代，實在太遙遠了，遙遠到了難以想像的地步！

但是我們卻可以在迪安這時候的神態中，約略猜想到當時天翻地覆的情形。

迪安呆了片刻，又道：「組織軍隊的人愈來愈多，形成了無數壁壘，搶奪遠程太空船，搶奪有關太陽黑斑變化的情報，人們全然不顧及幾千年來的文明，他們成了瘋子、野獸！」

迪安聲嘶力竭地叫着，他又揚起頭來，緊握着雙拳，叫了許多我們聽不懂的話。

當然那些話也是激烈的詛咒了。白素冷靜地道：「我想，你大概是少數在混亂中保持清醒的人之一？」

迪安呆了一呆，套進了傳譯機：「你說什麼，請你再說一遍。」

白素道：「我想，你大概是少數能在混亂中保持鎮靜的人之一？」

迪安道：「可以這樣說，但是這也是一種偶然的巧合，全個地球上，只有我在探測站中，裝有一組特殊的探測儀器，這種儀器在事變的第二天，便已測到太陽表面，放射出一種極其有害的放射性物質，它行進的速度比光慢得多，但是在三天之內，可以到達地球，當我想將這項緊急發現向全世界報告時，我發現我已沒法子做到這一點了。」

我們都不出聲，但是我們的眼光之中，卻都充滿了「為什麼」這三個字的疑問。

迪安道：「所有的廣播系統都被野心家佔據了，那些人無日無夜地利用廣播系統重複着同樣的幾句話，使到聽久了的人，幾乎要變成瘋子。而我的上級機關也不存在，我只好自謀打算，我設計了一種抵抗這種放射線的東西，但是我的幾個同事卻拒絕使用，你看，他們已經死了，由於探測站陷在地底，所以他們的屍體才會得以保存，我總算還活着，可是……可是……」

他講到這裏，便再也講不下去了。

我們也不去催他，也不去騷擾他，任由他神經質地哭着，過了好一會，他才以一種悲觀之極的語調道：「我怎麼辦呢？」

革大鵬道：「對於地球上以後發生的事情，你還知道多少？」

我認為在這樣的情形下，再向迪安追問當日的情形，簡直是一件十分殘酷的事。但是革大鵬已經問了，我也無法阻止。

迪安道：「我還是堅持我們對第七空際的探測，正如剛才我告訴你，我突然之間失去了知覺。」

革大鵬進一步追問：「那麼，你對地球忽然孤零零地懸在外太空中，而且地球表面上，覆滿了冰層，是什麼原因？有什麼看法？」

迪安呆了半晌，才道：「有兩個可能：一個可能是，太陽黑斑愈來愈擴大，一種在太陽表面產生的，空前未有的磁性風暴，使得太陽的表面冷卻了。」

白素首先叫了起來：「太陽表面……冷卻！」

迪安道：「在太陽黑斑出現的第一天，地球上的人就測到在黑斑中，太陽表面的溫度是零下二百七十度，這是引起人恐慌的主要原因，而且大黑斑在不斷地擴大，不必等到它掩蓋太陽表面的全部，就可以使太陽再也沒有熱度了。而且，溫度的變化使得引力也起了變化，地球可能脫離太陽系的軌道，這個假定可以成立。還有一個可能，就是幾個各自成為一派的人，自相殘殺，向對方使用不能在地球上使用的武器，以致地球自我毀滅了。」

我們苦笑着，這當然更有可能。

但不管怎樣，擺在我們眼前的事實是：在二四六四年之後的若干年，地球不再是太陽系的行星之一（或許這時連太陽也沒有了），它只是一個覆滿了冰層，孤懸在外太空，沒有生物的一個可憐的星球。

我們這幾個曾經經歷過地球上無比繁華的地球人，如今卻在這裏，原來是這樣繁華的地球，如今是死氣沉沉，一無生物。我們本來是絕不可能來到這樣的地球之上的，因為那不知道是多少年以後的事。但我們竟然來到了，宇宙間的一切太神奇了！

第十一部

看到了太陽

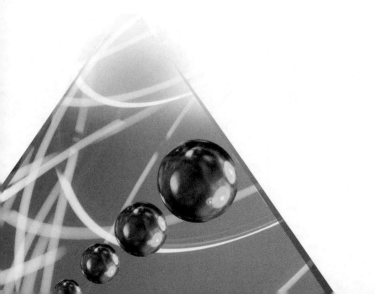

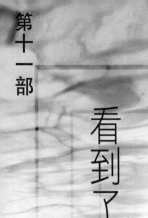

我們之中沒有人再出聲，革大鵬則背負着雙手，在室內那幾排電腦前面，踱來踱去，不時察看着那些按鈕和儀器。

迪安則不斷地警告他：「別亂動，別亂動。」

革大鵬對於迪安的警告，顯然十分不快，他轉過身來：「我需要知道這些儀器中，有沒有還可以繼續工作的，更需要知道我們有一些什麼可以利用的東西，來修復我們的太空船。」

迪安道：「修復太空船，那有什麼用？你能夠飛到什麼地方去？這裏的四周圍，甚至幾萬光年之內，也沒有別的星球！」

革大鵬道：「不錯，幾萬光年，就是說用光的速度來行進，也要幾萬年，但是我們是怎樣來的？為什麼我們會超越了時間？我們要修復太空船，再飛向太空，去碰碰我們的運氣！」

迪安大聲道：「去碰運氣，那太不科學了！」

革大鵬冷冷地道：「那種宇宙震盪，還是我們知識範圍之外的事情，在知識範圍之外的事情，是絕對用不到科學這兩個字的！」

迪安不再出聲，過了一會，他才道：「這裏的動力系統還十分好，而且我想是可以移裝到飛船上面去的，那樣，飛船便可以繼續行進了。」

革大鵬便道：「好，那就別再說空話了。」

迪安道：「請你們先出去，我將探測站升起來，將它的動力系統暴露，以供拆除。」

我們聽從他的吩咐，從那個「探測站」中走了出來，仍然站在冰層上。

我們走出來之後不久，就看到球形的探測站的中部，忽然突出了一對環形的翼，以致整個探測站的形狀，看來有點像土星。

那環形的翼伸出了十呎左右，探測站便開始向上升起，升高了二十呎，便停了下來，門打開了，迪安自上面飛了下來。

他指着冰層下面、探測站飛起之後的一個深坑，叫我們看。我們向下看去，看到在坑中有一塊金屬板，呈正方形，不知覆蓋着什麼。

革大鵬已迫不及待地跳上了飛艇，用一根金屬軟管，將那塊金屬板吸了上來。

金屬板被揭起之後，我們看到一塊一塊，約有一呎見方的紅色的東西，在紅色的東西之間，有無數金屬線連繫着。

我不知道那是什麼東西，但是我卻聽到格勒和法拉齊兩人，發出了一聲歡呼。

我連忙問道：「這是什麼玩意兒？」

格勒興沖沖地道：「這每一塊紅色的東西，就是一個小型的原子反應堆，這裏一共有十二塊，十二個原子反應堆所產生的連鎖反應，使得動力幾乎無窮盡，他們畢竟比我們進步得多了。」

法拉齊雖然高興，但是他總不免擔心：「這動力系統可以移到我們的飛船上去麼？」

格勒猛地一拍他的肩頭，令他直跳了起來，然後才道：「當然可以的，伙伴，我們可以回家了。」

在接下來的幾天中，我和白素兩人完全是袖手旁觀。

我們看到他們四人，先利用幾根管子，放到我們飛船陷落的那個大坑之中，那幾根管子上面，滿是細小的吸盤，然後，那龐大的、有七八十呎高的飛船，竟被從深坑之中，慢慢地拉了上來，並且以正常的位置，停在冰層之上。

當迪安看到那艘飛船的時候，他露出了一種好奇的神色，一如法拉齊他們看到有車輪的汽車時一樣。

接着，他們四個人利用了許許多多奇形怪狀而我根本難以形容的器械，搬動着那一塊一塊、只有一呎見方的原子反應堆。

他們在做這種工作的時候，顯然十分吃力，而我們又幫不上忙，所以我和白素兩人索性坐上小飛艇，小飛艇的駕駛操作十分簡易，為了不打擾他們進行工作，我們駕着飛艇，向前飛了出去。

我們已經用這艘小飛艇繞過地球一周，除了冰層之外，我們並沒有其他發現，但是這次，我們採取了一個不同的方向。

我們也不希望發現些什麼，我們只是向前飛着。

而我們不約而同地，都望着下面的冰層，而並不望向對方。

因為如果一和對方的眼光接觸的話，那就免不了要講話的，可是我們的心情卻沉重得無話可說，所以我們才避免和對方的目光接觸。

我們的心情沉重是有原因的，那自然是因為即使飛船在安裝了新動力系統之後，一切恢復了正常，我們是否可回到自己的年代，也正如革大鵬所說，那完全是「碰運氣」的事情。

而且，我至少知道，革大鵬、法拉齊和格勒三個人，以及那隻飛船，是絕不能回到他們的時代去的了。革大鵬他們，並未察覺到這一點，如果他知道了這一點的話，他當然不會再去忙着搬移動力系統了。

我之所以如此肯定，全是因為迪安所講的幾句話。

迪安說他知道革大鵬這個人，他讀到的歷史記載，說革大鵬和他的飛船，是在飛向太陽的途程中「消失不見」的，迪安絕未提到那艘飛船在消失之後，曾再出現，這說明了什麼呢？

這說明了這艘飛船，在飛向太陽的途中，突然遇到了震盪，回到了一九六四年之後，再也沒有出現過！革大鵬他們是回不去的了！然而，我們又能不能回去呢？白素的神情非常憂鬱，我深信她也想到了這一點。

所以，小飛艇在迅速地飛行，我們兩個人卻是一言不發。視野所及，全是無窮無盡的冰層，單調而淒涼。過了好一會，白素才低叫道：「衛！」其實這時候，除了我和她之外，幾百哩之內都沒有人，她是絕對不必要將聲音壓得如此之低的。

但是她由於心情沉重的緣故，使她自然而然壓低了聲音來講話。而我一開口，聲音也是低沉而沙啞的，我將手按在她的手臂上，「嗯」地一聲，表示回答。白素的雙眼仍然望着前面，望着無邊無際的、淺藍色的冰層。她遲疑了片刻：「革大鵬、格勒和法拉齊三人，難以回到他們的年代去，你可曾覺察到這一點！」

我點點頭道：「是的。」

白素這才抬起頭來，她美麗的大眼睛中，充滿了那種難以形容的迷茫：「那麼，我們呢？」

我偏過頭去，緩緩地道：「只好走着瞧了。」

白素又呆了片刻，她忽然道：「停下來，我要在這裏的冰層上多走走，等他們修好了飛船的動力系統之後，我們就要離開這裏了，不管能不能回去，總再見不到這種情景了。」

我一面將飛艇下降，一面苦笑着道：「你對這種情景也有留戀？」白素不說什麼，一直到她出了飛艇，又站在冰層上面，才嘆了一口氣：「如此美好的地球，竟變成了這等模樣。」

我攤了攤手：「我看正常得很。人的生命有終點，地球的生命，自然也有終點。人的生命是一百年為期，地球的生命以萬億年為期，這有什麼可惜的？」

白素道：「可是人的生命，有下一代在延續！」

我反駁道：「那麼你又怎知道再過若干萬年，若干億年，在已死的地球上，不會產生新的生物出來呢？」

白素搖頭道：「可是這裏充滿了放射性！」

我笑了起來，道：「我們這一代的人，想像力和知識範圍，還都未能脫出自身的範圍，我們的自身，擴至最大也不過於地球而已。我們常聽得說，某一個星球上，因為缺乏氧氣，所以不能有生物。這實在十分可笑，地球人自己需要氧氣來維持生命，這正因為地球人的生命，在一個有氧氣的環境之中產生，地球人又有什麼資格，斷定別的星球的高級生物，也非要氧氣不可呢？『人家』一到了地球上，可能會『窒息』在氧氣之中！」

我大發議論，白素只是惘然地望着我：「那麼，你的意思是，地球還會有新的生命產生，這種生命，也會發展成高級生物？」

我自然不能肯定會這樣，因為這至少是幾億年之後的事情，但是我卻相信會這樣，所以我點了點頭。而且我還補充道：「我想，我們這一代的人，恐怕也不是地球上的第一代生命。地球可能已死過不止一次，它每『死』一次，表面上的情形，便發生變化。在某一次『死亡』中，它的表面上忽然充滿了氧氣，而且使它接近一個被稱為太陽的星球，所以才出現了我們這一代生命。」

白素低着頭，向前走着，她的足尖，輕輕地踢着冰塊，我則跟在她的後面。

我們兩人，都漫無目的地向前閒盪着。事實上，在如今這樣的情形下，還有什麼「目的」可言呢？

我們走出了幾十碼，白素卻站定了，她向前指了一指，道：「你看，這裏還有一根天線！」我循她所指看去，也不禁呆了一呆。

不錯，在她所指的地方，有一根金屬棒，突出在冰層之外半呎許，那根像金屬棒球的棍子。我趕前幾步，握住了它，猛地向上一提。

我並沒有用多大的力道，就將那金屬棒，從冰中拔起來了。

而當金屬棒被拔起的時候，四面的冰層，也翻起了不少來。在金屬棒的一端有一塊三呎見方的平板，這塊平板跟着起來，那是金屬棒被拔起之際，冰層翻轉來的原因。

我們都看到，那平板是蓋着一個地下室的，平板被掀了起來，冰塊跌進地下室中，發出空洞的聲音，我們連忙俯身看去。

只見那地下室中，有一具如同高射炮似的儀器，炮管向上升出，沒於冰層之中，可能它露出地下室並不多高，所以才被冰層完全蓋沒，而不能在地面被發現。我首先循着那「高射炮」似的東西，炮口可能出現的地方，搗毀了冰層。

不一會，我就看到了那個「炮口」。那當然不是真的「炮口」，它直徑二十吋左右，滿是折光的晶狀體，還有許多像是串珠一樣的天線。

我不知道那是什麼，但是我初步判斷，那是一具望遠鏡。

這時，白素已經攀進地下室去了，我聽到了她在下面叫喚的聲音，我連忙也攀了下去。

那具「望遠鏡」（我的假定），有一個座位，座位上坐着一個人。

事實上，我是不應該説「坐着一個人」的，因為在那座位上的，只有一具骸骨。而且毫無疑問地，這是一個人的骸骨。

那個人曾坐在這個座位上，直至死亡，而成為白骨。這便是我的直覺，覺得座位上坐着一個人的原因。

在那個座位之旁，有着厚厚的一本簿子，在我進去的時候，白素正好拾起了那本簿子在翻着。這簿子的紙張，簿得難以形容，上面寫了許多字，十分清晰，只可惜我們看不懂那些字。

而在「望遠鏡」的左側，則是另一具儀器，那具儀器，看來像是一個大烘爐，上面只有一個鈕掣，那個人的一雙手（當然也只是白骨了）正放在這鈕掣之上，使人知道他死前的最後一個動作，便是在擺弄着這一個唯一的鈕掣。

當然，我們無法知道他是在開啟還是在關閉這個鈕掣。我走前去，那個鈕掣也沒有什麼記號，我移開了幾根手指骨，伸手去動那個鈕掣。

白素就在這個時候，陡地叫道：「別動！」

可是我的動作，卻比她想像中來得快，她立即出聲警告，然而已經遲了！

「啪」地一聲響，我輕而易舉地將那個鈕掣，轉至向左，轉了一下。

白素連忙道：「你可能闖大禍的！」

我聳肩道：「我看不出會闖什麼——」

我的一個「禍」字還未曾出口，白素望着我的身後，已大驚失色，「啊」地一聲，叫了起來，同時，我也覺得整個地下室突然亮了起來，亮得難以形容，我可以說，從來也未曾置身於這樣光亮的環境之中！

我連忙向白素走去，到了她的身邊，立時轉過身來。

我的眼前，根本看不到什麼——並不是因為黑暗，而是因為太光亮了。

我趕緊閉上了眼睛，我相信白素在面對着這突如其來的光亮之際，一定也是閉上了眼睛的，因為這時候，她正在叫道：「一片紅色，一片血紅，我像是在近距離觀察太陽一樣！」

白素的話，令我心中陡地一動。

我根據記憶中的方位，找到了那個鈕掣，又向左撥了一下，又是「啪」地一聲，眼前突然晃了起來，這一次，我們是真正看不到東西了。

在我們面前，飛舞着無數紅色綠色的球狀物，我真擔心我們的視力，從此便被那種突如其來的強光所破壞而不能復原。

如果真是這樣的話，那我真的是闖禍了。

但幸而並不是如此，我們的視線漸漸地恢復了。我們可以看到對方了，又可以看到那具望遠鏡了，又可以看到那種柔和的淺藍色光線了。

直到這時候，我們才鬆了一口氣，白素瞪了我一眼：「看你多手的結果！」

我道：「我有了一個重要的發現，你知道我剛才看到的是什麼？那是太陽，真是太陽！」

白素駁斥道：「你瘋了？」

我的視線已完全恢復了，我指着座位之上，那一塊漆黑的、發光的，約有三呎見方的平板，道：「你看到了沒有，這是一塊黑玻璃，正是用來觀察太陽的，來，讓我們再來看過！」

我將那塊假定是「黑玻璃」的平板，移到了我們兩人的面前（其實那塊東西，黑得像一塊鐵板），然後，我伸長了手，又去撥動了那個鈕掣。

立即地，地下室又在強光的籠罩之下了！

我沒有料錯，那是一塊黑玻璃，而透過那塊黑玻璃，我們可以看到前面強光的來源，那是來自前面一堵牆上的一個巨大熒光屏。

在那個熒光屏上，有一個巨大的、灼亮的球體，那是我們極熟悉的一個星球，太陽！

但是，我們卻也看到，太陽的表面上，有着一塊巨大的黑斑，那塊黑斑甚至覆蓋了太陽表面的一半以上，在黑斑的邊緣上，我們可以看到，不斷有柱狀的氣流向上捲起。

而黑斑的形狀也在作緩慢的變易，它的顏色也是時深時淺。那是極其驚心動魄的情景，令每一個看到的人都會變成傻子。

我們兩人呆了好一會，才一齊失聲道：「天啊，這真的是太陽！」

我連忙道：「這就是迪安所說的太陽了。」

白素吸了一口氣：「那麼它怎麼又會出現的呢？」我指着那具又像高射炮，又像望遠鏡似的儀器，道：「當然是這個東西記錄下來的。」

白素道：「那麼，它一定是記錄到太陽或地球毀滅為止的了？快去找他們來看！」

我伸手關掉了那鈕掣，坐了片刻，才和白素一齊出了那地下室，白素在百忙之中，還記得順手將那本簿子一併帶走。

我們飛回飛船停泊的地方，他們四個人仍然在忙亂地工作着。當白素拿着那本簿子給迪安看，我向他們簡略地講述着我的發現，而迪安又發出了一下驚呼聲之後，革大鵬和格勒、法拉齊都緊張地圍住了迪安。

在這幾天中，我們和迪安已經可以通一些很簡單的話了，但是要講述一件十分複雜的事情，卻還是不可能的，所以，當迪安揚着那本簿子，發出了急促的叫聲，急急地講些什麼之後，我們只能從他臉上的神情，看出他十分興奮，但卻不知道在講些什麼。

迪安講了好一會，才發現我們根本聽不懂他的話，他連忙拿着簿子，向前走去。

革大鵬他們，都放下手中的工作，一齊向前走了出去，到了迪安的「第七空際探測站」中。那裏有一具傳譯機，只有通過這具傳譯機我們才能談話。

迪安一走進探測站，便在傳譯機前，坐了下來：「小姐，你發現的簿子，是最偉大的科學家，森安比的記錄冊，他人呢？」

白素苦笑道：「如果沒有錯的話，那麼這位科學家，早已成了一攤白骨。」

迪安簌簌地翻動着那本簿子，，嘆了一口氣：「不錯，他是自殺的。」

革大鵬道：「他記錄了一些什麼，快說。」

迪安道：「他一開始就説，當太陽大黑斑突然發生的一天起，他便知道末日來臨了，他用兩天的時間，設計並製造了一個地下室，這個地下室中，裝有一具望遠錄像儀，記錄太陽表面發生的一切情形。他記錄了三天——這是他最後的記錄——」

我們齊聲道：「快講出來聽聽。」

迪安講道：「黑點將整個太陽包圍住了，黑斑的擴展突如其來，一秒鐘之內，太陽不見了，消失了，成了氣體，地球正迅速無比地逸出軌道，冰層蓋下來，將覆滅一切，溫度將降至絕對冰點，而急速地逸出軌道的移動，將使一切不再存在，我也不得不結束自己的生命，只希望以後會有生命，能夠看到我所記錄下來，太陽變化的一切情形。」

革大鵬轉身問我：「那個地下室在什麼地方，我們快去看看。」

迪安也走了過來，生硬地道：「去看看。」

十分鐘後，我們已一齊在那個地下室中了。

我們擠在那塊黑玻璃前，觀察出現在熒光屏中的那個太陽，在黑斑的邊緣，可以看得出正有連串的爆炸在進行着。

革大鵬一面看，一面喃喃地道：「這是人為的，這是人為的，這絕不是自然發生的。」

格勒道：「領航員，如果這是人為的，那麼他們這一代的人，怎會不知道？」

革大鵬仍然固執地道：「這一定是人為的，有人在太陽上進行了一個極小型的核子爆炸，這個爆炸，引起太陽中亘古以來便在進行着的核子分裂的巨大反應，反應成幾何級數增長，終於造成了這種局面。這一定是人為的，這正是我曾經想做過，利用它來產生極大能力的方法，這不是自然發生的。」

革大鵬的話，是不是事實，永沒有人知道。

在熒光屏上出現的太陽，也不能解答這一個謎。

但是設想一下，如果那是人為的話，當然也不會是地球人去做的，因為毀滅了太陽，也等於是毀滅了地球，除非那人是瘋子。

當然，這也絕不是一個人可以偷偷摸摸做成功的事。要說那是「人為」的，那麼這種「人」，一定是一種還未曾為地球人知道的，另一個星球上的「人」。這種「人」想要毀滅地球，最好的方法自然是向太陽下手。

我們在地下室中等了三天，才等到太陽毀滅的最後一剎那的來到。

正如那位科學家的記載所言，那是突如其來的，在不到一秒種之內，太陽突然變成了一團墨黑，接着，便像一團雲遇到了狂風一樣被「吹散」！那幅熒光屏上，接着便出現了一片黑暗，但過不了一會，我們卻又看到了極其奇異的景象，我們看到一個火紅色的大星球，以極高的速度，掠了過去，我聽到迪安叫道：「馬斯！」

連我也認出來了，那是火星，火星的名稱還沒有改變，仍然是「馬斯」，緊接着，又看到了許多星球，所有的星體不論是大是小，有的甚至是遮住了整幅熒光屏，它們都是以一種極快的速度在行進着的，而且行進的速度愈來愈快。

到後來，我們已不能看清楚任何星體，我們所看到的，只有東西一掠而過而已。

我們也可以看到星體相撞，而星體相撞之後，又化為無數道光亮的軌迹，四下散了開去。

我們都呆住了，因為我們知道，這種情形不是簡單的地球的毀滅，而是整個太陽系的毀滅，由於整個太陽系的毀滅，可能已導致整個宇宙的毀滅，當然，這裏所指的「宇宙」，是人類知道範圍之內的宇宙。

所有的星體，都逸出了它們原來的軌道，不知道逸到什麼地方去了，有的是孤零零地逸出去的，有的星體的吸力較大，便引着一群其他的星球一齊逸出去，不知要逸出多遠，才停了下來，形成一個新的天體、新的軌迹、新的運行系統，產生新的生物。

如果是那樣的話，那麼假定有「人」因為想毀滅地球而暗算太陽，那麼這種「人」不管他們是什麼星球上的，也必然害人害己，連帶着一齊毀滅了。

熒光屏上掠過的星體漸漸減少。接着，便出現了一片蔚藍，深而純的藍色——這正是我們此際所熟悉的天空。我們知道，如果這具「望遠錄像儀」的動力系統完備，它一直在繼續工作的話，那我們一定還可以看到我們的飛船飛過來的情形。

我們都不出聲，迪安伸手關掉了那個掣，地下室籠罩在一層暗而藍的光線之中。我們都坐在這種光線之中，誰也不想動一動。

過了許久，還是革大鵬先開口：「我想我們該去工作了！」

他拍了拍迪安的肩頭，迪安明白了他的心意，站了起來。我們一起出了地下室，革大鵬對我道：「我計劃把這地下室中的一切，也搬到飛船上去，這又需要一些時間，在這段期間內，你和白小姐繼續用飛艇飛行，看看可有什麼新的發現。」

我點頭道：「我也正這樣想，我們一有發現，立即再和你聯絡。」

革大鵬嘆了一口氣，苦笑了一下，我們一起登上了飛艇，先將他們送到了飛船附近，然後，我和白素又駕着飛艇「遨遊」。

在這裏沒有白天和黑夜的分別。我們也沒法子知道正確的時間，我們只是覺得疲倦了，便將駕駛工作交給另一個人。

我休息了幾次，算來大概已過了四天，仍沒有發現新的什麼，繞了一周便回到了飛船的附近，飛船的修理和加裝工作大致完成，我看到在飛船頂部的透明穹頂之上，有一個炮管一樣的東西突了出來，這當然便是從地下室搬來，安裝到了飛船之上的那具奇妙的儀器了。

他們正從事最後檢驗的工作，我和白素兩人則整理飛船的內部。

我們一共是六個人，屬於不同的時代，但由於宇宙中不可思議的力量使我們相遇，我們如今要一同乘坐這艘大飛船起飛。

我們起飛，並不是要到什麼目的地去——這是真正不可思議的，我們要去的地方，正是我們起飛的地方，因為我們如今正是在地球上。

但是我們卻要尋求我們的時代，要尋求那種奇妙而不可思議力量的宇宙震盪，希望它適當地將我們帶到自己所屬的年代去。

我們不知道要在飛船中過多久，可能是度過一生，直到生命自然終結。可能因為糧食耗盡而餓死（後來我知道這個可能不大，因為神經質的法拉齊，原來也是氣體合成食物的專家，我們餓不死的），我們可能永遠飛行着而遇不上這種震盪。

在經過了嚴密的檢查之後，飛船起飛的那一剎，除了迪安，我們都聚集在「主導室」中，舊的動力系統已完全放棄。

如今所用的是那具望遠錄像儀，前面無限的太空，可以在主導室牆上的熒光屏中看得十分清楚。

只不過令我們感到洩氣的是，那只是一片深藍色！

迪安並不是太空飛行方面的專才，是以主要的駕駛責任，仍落在革大鵬的身上。

革大鵬在等候着動力室中的迪安的報告，當迪安的聲音傳來，革大鵬便用力地按下了一個按鈕。

革大鵬按下按鈕之後，飛船輕微地震動了一下，便十分平靜了。

我們沒有別的感覺，也沒有聽到什麼聲響，似乎飛船仍然停在冰層之上一樣。

但注視着儀表的革大鵬道：「好，飛船上升了，如今的速度是每秒鐘二十公里，它可以在一小時後，加到每秒鐘一百二十公里，這是我以前所未曾經歷過的速度，快極了！」

迪安也走了上來，那具傳譯機也被搬到了主導室中，他剛好來到傳譯機之前，聽到革大鵬的話，立即苦笑了一下：「太快了？比起光的速度來，那簡直是太……太……」

的確，他感到難以形容，一秒鐘一百二十公里，這當然是一個驚人的速度，然而和光的速度相比，卻又緩慢得難以找出適當的形容詞來！

法拉齊哭喪着臉：「而且就算有光的速度，也還是不夠的，我們要快過光才行！」

革大鵬沉聲道：「沒有什麼速度可以和光一樣的，不要說超過光速了，我們如今只要想找到將我們震到這個年代來的那種震盪！」

法拉齊道：「那種震盪……可能將我們帶到更遙遠的年代去！」

革大鵬道：「當然可能，但是我想情形也不會再壞過現在了。那種震盪也可能將我們帶到更早的年代去，我們可能和翼龍決鬥。」

法拉齊被革大鵬的話，說得面色發青，他不敢再開口多說什麼了。

飛船向前飛着，在那幅熒光屏中所看到的，只是一片深藍色，無邊無涯的深藍色。根據革大鵬所製的日曆鐘看來，我們在那深藍色的空間中，已經飛行了四個月。這四個月的飛行，我們沒有遇到任何其他的東西，也沒有遇到任何震盪。

飛船平靜得出奇——可詛咒的平靜！

我們期待着震盪，但是它卻不出現了！

到了第五個月的最後一天，我們總算在熒光屏上看到了屬於深藍色以外的另一種顏色，那是一大團淺灰色的雲狀物。

第十二部

永恒星上

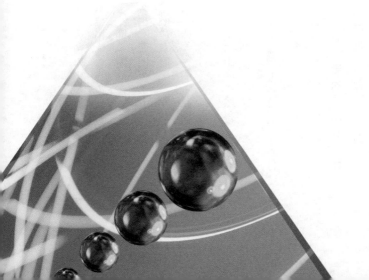

這個發現使我們興奮，革大鵬糾正了航向，飛船穿過了這個雲狀物——那只是一大團氣體，其直徑大得驚人，飛船在這團氣體中，足足飛行了一天多，所以有足夠的時間，通過光譜分析儀器，分析這一大團氣體的成分。

分析的結果是，這一大團氣體的主要成分，竟是氣體的鎳！

那也就是說，這團氣體的溫度之高，足以令鎳成為氣體。

幸而飛船的外殼，是用特殊耐高溫的合金鑄造，要不然，我們早也成為氣體之中的一股氣了。

在穿過了這一大團氣體之後，又是十多天，只看到空際，然後，我們看到了另一個星體。

那個星體看來極其美麗，也不知道是不是我們在經過了長時間「旅行」之後的心理作用。那星體扁長形，發着一種灰濛濛的光華。

它一在熒光屏中出現，他們便忙着計算了。

格勒立即計算出，它的體積和地球差不多大小，而星體的表面有一種他分析不出，在光譜分析儀器上出現的一種奇妙顏色，因而無以名之的氣體。

這個星體的引力也和地球相似，因而要在這個星體上降落，也並非難事。

我們幾個人進行了一個短暫時間的商議，我們決定在這個星球上降落，看看這究竟是一個什麼樣奇特的星球。革大鵬駕駛着飛船，漸漸地向那個星球接近。

兩天之後，我們已經可以通過遠程錄像儀，十分清楚地看到那個星球表面上的情形。我們看到這個星球，是被一種淡青色的空氣所包圍着的，看來有點像在地球上，天氣極好、萬里無雲的時候。

而在那淡青色的氣層下面，我們看到無數發光的晶體，那些發光的晶體，究竟是什麼形狀的，我們還看不明白，但是從閃耀不定的光芒來看，它一定是多面形的。

格勒不斷地運用各種儀器，探測那星球的表面上的一切情形，他又測出那星球的表面上，溫度十分低，遠在冰點之下。

又過了一天，我們距離那星球更近，在遠程錄像儀的反映景象的熒光屏上，我們所看到的，已不是那個橢圓形的星體全部，而只是它的一部分。我們已可以清晰看到，那些在遠處看來如同小粒鑽石似的發光晶體，事實上十分巨大。

那種晶體的形狀十分奇特，是一種十分難以形容的立體形，而那種晶體的形狀，幾乎是千篇一律的，大約只有兩三種變化。

由於那晶體的形狀，幾乎只有那兩三種，我們有理由相信這些晶體，並不是自然形成的。

我忽發奇想：「那些奇形怪狀的東西，會不會是這個星球上的人所住的房子呢？」

革大鵬立即道：「房子？房子為什麼要造成那種奇怪的樣子？」

格勒苦笑道：「什麼人會住在這樣的房子中呢？」

我覺得不服氣：「我們看來覺得奇形怪狀，但是地球上的房子，幾乎全是方形的，從別的星球來的人，看到了之後，不也一樣覺得奇怪麼？」

法拉齊吃驚起來，他惶張地問道：「有人麼？這個星球有人麼？」

正當他這樣驚叫，我們忍不住想要笑他的時候，笑容突然凝住了。遠程錄像儀的錄像鏡頭，本是自動地在調整着各個角度的，所以在反映景象的熒光屏上，我們所看到那星球的表面是緩緩地移動着的。

當我們想笑法拉齊的時候，我們看到熒光屏上，出現了一個極大的廣場。那個廣場整個都是發光的晶體所鋪成的，看來像是一面有陽光照射的大鏡子，而在這個廣場之上，停着不少灰黑色的東西。

這種東西，即使是我們（我的意思是指我和白素）也可以看出，那是許多類似飛船的太空交通工具，雖然它的形狀十分像香蕉，和我們慣見的火箭和太空船的形狀大有分別。

革大鵬吃驚的時間最短，他立即按下了一個掣，在飛船的周圍，立時出現了一層紫色的光芒。這是利用高壓電所產生的保護光，這種光芒可以抵禦殞星的襲擊，但是不是能抵禦這個星球上的「人」的武器，卻不知道了。

法拉齊叫道：「我們快掉頭吧，這個星球上有人！」

格勒的面色也不免發青：「我們是在尋求宇宙中奇異的震盪，我想還是不要在這裏降落較好！」

我和白素緊緊地握着手，老實說，我的心中，也不想繼續再向前航去。到一個有高級生物的另一個星球上去，這畢竟是一件太可怕的事情。

誰知道那些高級生物他們對生命的觀念怎樣呢？但總不會和我們有一絲一毫的相似，那倒是可以肯定的事情！但是我們看到革大鵬堅定的面色，他操縱着動力系統的雙手，甚至不震動一下，我不免為我自己的膽怯，感到慚愧。

所以我的心中雖然不願到那個星球上去，但是我卻沒有講出來。

這些人中，除了革大鵬之外，最鎮定的大概便是迪安。革大鵬其實也不是鎮定，他只不過是好強，或許他的心中也十分害怕，但是他卻仍非要前去一看究竟不可！

我向迪安望去，用目光向他詢問他的意見。迪安將頭伸進傳譯機：「我想這星球上沒有人，要不然，這些東西就來歡迎我們了！」

法拉齊道：「沒有人？那些東西難道是天生的？」

迪安補充道：「我指沒有人，是說現在，這個星球上沒有人。」

法拉齊道：「這星球中的人，已經完全死亡，和我們……我們的地球一樣了？」

迪安道：「我不能肯定。」

革大鵬揚起了左手來道：「一切有關的人準備，我們應在這個廣場上降落，格勒，這廣場的硬度是多少，快告訴我。」

格勒立即道：「是二十四點七，足夠降落有餘了。」

革大鵬又道：「那發光的晶體是什麼？」

格勒苦笑道：「不知道，光譜儀上出現的顏色，是完全混雜的波狀，那是地球上所沒有的一種東西，看來倒有點像……冰塊。」

革大鵬回頭瞪了格勒一眼，他是個受過嚴格的科學訓練的人，格勒那一句「看來像是冰塊」的話，太不科學了，所以才激怒了他。

飛船的飛行速度，已在漸漸地減慢，而利用那星球的引力，向前飛去，到了更接近那星球表面的時候，他們四個人都忙碌了起來。

我和白素則在注視着那個熒光屏，星球表面上的情形愈來愈清晰，我們看不到一點點生物，所看到的全是那種發光的晶體，幾乎整個星體的表面，全是那一種奇妙的東西。那個廣場在我們的飛船漸漸接近的時候，才發覺它的面積遠在我們的想像之上，它幾乎佔了那個星球表面的八分之一！

試想想，那就等於在地球上，大過整個南美洲了，整個南美洲，只是一幅鋪滿了晶體的廣場，這多麼難以想像！

要在那麼大的廣場上降落，並不是一件難事。

尤其飛船是操縱在革大鵬這樣一個熟練的駕駛員手上，因此飛船停在廣場上的時候，幾乎沒有什麼震盪。

飛船停下來，我們幾個人都深深地吸了一口氣，那是我們在作跨出飛船，探索這個奇妙的星球，作遇到一切奇妙而不可思議的事情的準備。我們沿着飛船的走廊，離開了主導室，但是卻不立即離開飛船。

我們根據儀器測所得的資料，作了一切準備，我們帶上了特殊的防寒設備，又戴上了氧氣罩，革大鵬打開了飛船的大門，我們利用個人飛行帶從飛船的大門出去，落在那廣場之上。

那廣場無疑是「人」為的，因為它全是十呎見方，平滑無比的一塊一塊結晶體鋪出來的，比起這個廣場的建築工程，地球上的七大奇蹟，等於只是孩提的積木而已。

我們還未來得及俯身去觀察一下，我們所站着的那晶體，究竟是什麼東西，但突然之間，我們每一個人的面上，都露出了愕然的神色來。

我說我們每一個人，當然包括我在內，我當然看不到我自己的臉色，但是我的心中卻感到愕然。

我根本沒有聽到任何聲音，這個星球的表面，完全是死寂的。

但是，在我剛站定的那一剎間，我的腦中卻「感到」有人在向我講話，而只是「感到」。這是一種奇妙而難以形容的感覺，似乎是在夢境之中一樣——但這種形容，當然也是不貼切的，因為即使在夢境中，我們總也是「聽到」人家講話，而不是「感到」的。

但這時候，我卻的的確確，沒有聽到任何聲音，只是「感到」有人在說話。而且，從別人的臉上神色來看，他們當然也「感到」有人在說話了。

我所「感到」的話是：「歡迎你們來到永恒星。」

我和白素失聲道：「永恒星！」我們兩人聽到的是中國話，而且是家鄉話。

革大鵬和格勒也叫道：「永恒星！」他們聽到的是他們的語言。

迪安也叫了一聲，我聽不懂，但我敢斷定，他叫的那聲，如果通過傳譯機的話，那麼一定也叫的是「永恒星！」

這表明我的猜測不錯，我們都「感到」了同樣的一句話：「歡迎你們來到永恒星！」

這又是十分奇妙的，如果是「聽到」的話，那麼就存在着語言的隔膜，對方所講的，如果是一種你所不懂的語言，那麼你就會聽不懂，就像我和迪安之間一樣。

但如果不是「聽到」，而是「感到」，事實上根本沒有語言，也沒有聲音，那就根本沒有言語上的隔膜了，每一個人所「感到」的，當然是他所知道的，要不然，就不會「感到」什麼了。

我們幾個人幾乎是同時叫出來的。

接着，我又「感到」有人在説話了：「是的，永恒星歡迎你們來，你們可以説是永恒星上的第一批訪客，我們當然歡迎。」

法拉齊忍不住叫道：「這是怎麼一回事？有人在説話，你們聽到了沒有？」

革大鵬粗暴地道：「胡説，什麼聲音也沒有！」

法拉齊道：「是的，什麼聲音也沒有，但是有人在講話！」

我大聲道：「我們無意中來到這個星球，如果表示歡迎的話，你們在哪裏？」

我最後一句話，鼓足了勇氣才講出來的。

因為隨着這一句話所出現的，可能是不知什麼形狀的怪物。

我們都屏氣靜息地等待着。

但是我們卻沒有見到什麼，我們也沒有聽到什麼，只是「感到」一陣笑聲，一陣十分好笑、也可以使人相信毫無惡意的笑聲。

在「感到」了這陣笑聲之後，我們每一個人的神色，都不禁鬆弛下來。

但也就在那一瞬間，我卻又感到了極度的恐懼：我們已來到了一個地方，在這個地方，我們見不到任何生物，但我們卻可以「感到」有人在「講話」，有人在「笑」，而且，那「講話」和「笑聲」，還那麼容易操縱我們的情緒！

我們毫無反抗的餘地，只要「他們」是有着惡意的話！

我的恐懼感迅速地傳給了別人，每個人都感到在這個星體之上，我們實在連一絲一毫最低限度的安全感都沒有。

然而，也在這時候，我們又感到了一些「話」：「你們放心，雖然你們腦電波的頻率，是如此之低，如此之容易受影響，但是你們絕不會受到傷害，因為我們是永恒的，我們在一個永恒的星球上，永恒地存在，任何東西只有在怕被人傷害，已被人傷害的情形上，才會傷害別人，我們既是永恒的存在，絕不怕有人來害我們，我們為什麼還要傷害人？」

我喃喃地道：「永恒的？那是什麼意思？」

革大鵬道：「永恒的生物？」

白素揚起了雙眉：「你們自稱是永恒的，我不信宇宙間有永恒的東西！」

白素在講完了那句話之後，臉上突然紅了一紅。

我們都可以知道白素臉紅的原因，因為我們在同時，都「感到」那講話的人在說：「你對宇宙的事，知道多少呢？」

革大鵬道：「既然沒有惡意，那我們不妨可以見見面，為什麼還躲着呢？」

我們立即又感到了回答：「我們全在你們的周圍。」

我們大吃一驚，四面看去，什麼生物也沒有。老實說，我不是沒有想像力的人，我已經想到，這個星球上的高級生物，或許小得像螞蟻一樣。我們都被地球上高級生物大小的概念束縛了，便自然而然地以為其他星球上的高級生物，也必然要和我們一樣大小。

所以，我立即向地上看去，希望發現一些微小的生物。

但是，我卻仍然未曾看到什麼。我雖然有想像力，但我卻難以想像，一個星球上的高級生物，會是我們肉眼所難以見到的微生物！

革大鵬幾乎是在怒吼，他道：「你們在哪裏？為什麼我看不到你們？你們的身子有多大？你們是什麼樣子的？你們是什麼？」

我們都得到了回答：「我們實在不是什麼，也沒有什麼樣子。」

這時，連革大鵬也不得不以手擊額，懷疑自己是在噩夢之中了。

我們可以接受時間上的顛倒，但卻沒法子接受有一種「沒有樣子，不是什麼」的生物概念！

白素在這樣的情形之下，表現出她女性特有的鎮定：「解釋得明白一點好麼？我們是屬於兩個不同的星體的，請原諒。」

回答來了：「當然可以，先請你們相信，我們絕無惡意，然後會給你們看一些東西，並且希望你們不要吃驚。」

我苦笑着道：「我們已經吃驚夠了，只怕也不能再繼續吃驚了！」

我又立即感到對方的反應：「當然你們會吃驚，正如剛才那位小姐所說，我們屬於兩個不同星體，對所有的一切具有不同的概念，當你們看你們從來也未曾見過，而且無論如何都不能想像的東西時，怎會不吃驚呢？」

革大鵬道：「好，我們準備吃驚，你們要給我們看的東西在什麼地方？」

我們感到的回答是：「在我們博物館中，這博物館是在……照你們地球上的所謂光陰來說，是一億多年以前所建造的，你們等着，有飛艇來了。」

我們才「感到」那句話之後不久，一艘香蕉形的東西便無聲無息，快到極點地來到了附近，停了下來，那「飛艇」十分大，足有四十呎長，停下來之後，像打開了一扇小門，出現了一個小洞，那個洞大約只有一呎半見方，我們不禁為之愕然。

就在這時候，我們的腦中又有了感應：「對不起得很，這種飛艇是一兩千萬億之前的東西，那時候，我們已進化得十分小，所以門也開得很小，要請你們擠一下才能進去。」

我們之中，怕沒有一個人明白，「進化得十分小」這句話是什麼意思。

直到我們在那個「博物館」中，看到了這個永恒星上生物的「進化史」，我們才明白，然而當我們明白了的時候，我們只覺得身子烘烘地發燒了，一種如夢的感覺，幾乎令我們感到自己並不存在。

我們鑽進了那飛艇，飛艇中並沒有人，但是飛艇卻立即起飛了。

革大鵬在飛艇的前部，略為看了一下：「他們不知道躲在什麼地方，飛艇是接受一種極其微弱的無線電波操縱的。」

我們又感到了笑聲。

然後，飛艇停了下來，我們被「請」出飛艇，來到了一堆奇形怪狀的晶狀體前面，我們又被「請」在一個小洞之中，進了那個閃閃發光，形狀怪得難以形容的「建築物」之內。

裏面十分空洞，用來建築那座建築物的晶體，是半透明的，所以內部十分光亮，我們只看到有幾條長長的通道，不知通向何處。

我們被「請」坐，當我們坐下來時，我們都得到警告：「請不要吃驚，你們所看到的，完全是模型，雖然他會動，但那完全是假的，你們第一個所看到的，將是七十六億年之前的我們，那時，我們的星球是在銀河系的邊緣，距離你們地球有五十萬光年，但是我們已覺察到地球上有發生生物之可能了。」

我們的心中都苦笑着，當這個星體上的高等生物，已然可以知道五十萬光年之外的地球上的情形之際，地球上的原始生物只怕還未曾發生！

他們比我們進步多少倍，我們實在是沒法子估計得出來。

我們屏氣靜息地等着。

在一條通道中，無聲無息地滑進一塊方形的晶體來，在晶體之上，「坐」着一個怪物。

説「他」是「坐」着，這未免是十分好笑的。我們地球人的概念，是屁股接觸實物，承受了身體的一種姿勢，便稱之為「坐」。可是，那怪物的全身，只是紫色的一團不可名狀的東西，「他」是坐是立，實在是沒有法子分得清楚的。

我們六個人在不由自主之間，互相緊緊地握住了手。

那個已可以知道五十萬光年之外的另一個星體的「人」，實在是難以形容，如果一定勉強要形容的話，那麼各位試試將一隻跳蚤放在一百倍的顯微鏡之下，那麼所看到的形象，或者可以比擬於萬一。

那「人」有兩排眼睛，充滿着靈氣，閃耀着紫色的光芒。

這種眼睛，表明這種生物，的確是一種極其高級的生物，絕不是普通的怪物。

大約一分鐘，那「人」退了回去，另一個通道中，又滑出了一個「人」來。

我們所「感到」的解釋是：「這是五億年之後的我們，以後，每交替一個模型，便是五億年，請你們注意我們形體上的變化。」

第二個來到我們面前的模型，和第一個大體上差不多，但是卻少了一些鬚狀的東西。

以後，每出來一個模型，形體便小了許多，而且「他」的形狀也愈來愈簡單了，唯一沒有變更的是那兩排眼睛——我說兩排，是因為它們的確是兩排，而不是若干隻，那顯然是科學愈來愈發達，一些不必要的器官完全退化了。

到了第十二個模型時，變化得特別顯著，那種高級生物，已經只剩下了一個圓形的「身體」，「身體」之上，便是那兩排眼睛。

我們又同時感到了有人在作說明：「生物的進化，便是表現在器官的退化之中，如果舉地球上的例子，我想你們比較容易明白，猿人進化到人，尾巴退化了；軟體動物中，頭足綱的鸚鵡螺，是有貝殼的，然而進化了的烏賊，貝殼便已退化到了軟體之中。當然，這種退化必須經過許多代長時間的演變，是幾億年！在這個模型對上的五億年中，由於我們發明了用腦電波操縱一切，是以我們的肢體幾乎全因為沒有用處而退化了，你們看到的只是我們的頭部。」

這個模型退了回去，第十三個模型又來了我們的面前，圓形的「身體」變成長條形的了，又小了許多。

而第十四個模型，那「身體」已不見了，只有兩排紫光閃閃，看來十分駭人的東西。

第十五個模型，是最後一個，我們看到的是一個只有拳頭大小的紫色發光體，小得如此出人意表之外，而且形狀也是接近圓形，就像是地球人的一個眼珠。

當第十五個模型退了回去的時候，我不禁失聲道：「那麼，你們如今是什麼樣子？」

回答來了：「我們如今不是什麼樣子。當你們看到最後的一個模型之際，我們已經因為進步，而退化到只要保存腦神經中樞的一部分，發出腦電波以指揮一切的地步，所以除了這個器官之外，我們別的器官都退化了。」

白素尖聲道：「以後呢？」

回答是：「以後的四億年左右，我們又發展到腦電波可以單獨存在的游離狀態。」

感覺中又聽得回答：「腦電波可以離開一切器官而單獨存在，這是我們跨向永恒的最重要一環，因為任何器官都不能永恒存在，在這以後的一億年之中，我們的最後器官也退化了。」

格勒道：「那麼你們，你們……變成什麼都沒有了？」

「哈哈，誰說我們沒有什麼？我們已成功地將我們的星球，推出銀河系的邊緣，到了永恒的外太空，我們是永恒的存在，你知道電波的速度麼？腦電波本身就是一種無線電波，我們擺脫了一切器官的束縛，我們便能以無線電波的速度，自由來往，當你們一降落，我們便全都來到你們的身邊了！」

法拉齊是第一個捧住了頭、尖叫起來的人，迪安是第二個，格勒第三，我、白素、革大鵬則是同時怪叫起來。

我們沒法子不叫，這是完全無法想像的事，我在一降落的時候，覺得無法將一種高級生物設想為微生物，然而，「他們」卻比微生物更徹底，他們根本沒有什麼，也沒有什麼樣子，他們只是一種「思想」，一種永恒生存的「電波」，然而「他們」卻是生物，而不是物理，你能不叫麼，你能麼？

我忽然想到，宗教上的所謂永生不死，將人的身子稱之為「臭皮囊」，是不值得留戀的東西，將生命喻為一聲嘆息，而追求一種永恒的精神存在，這不是和「永恒星人」七十五億年來的進化過程不相上下麼？

這麼一想，我首先便安心了許多，我感到有人在對我說：「這是生物的進化過程，你們大可不必大驚小怪。」

我沉住了氣：「你們對太陽的變化，知道多少？」

回答是：「我們知道得很少，因為太遠了，而且我們也沒有留意觀察，我們都變得太懶了，我們正在擔心，這樣下去，會連現在的腦電波也『退化』了，如今我們雖然無形無質，但是卻還能在電波檢示器中露出形狀來的。」

我苦笑了一聲：「有即是無，一切『有』的東西，到頭來，總要變成『無』的！」

我很久沒有「感到」回答，然後，便是革大鵬問：「對於宇宙中的一種震盪，你們知道多少？」

「那種震盪，是星系的一種大移動所造成。銀河系中，包括着數十億個大恒星，相互牽引成為一體，但整個銀河系仍不是靜止不動的，有時候會震盪一下——是什麼原因，連我們也不知道，這種震盪發生得極快，如果恰好有生物被這種震盪捲入，那就十分有趣了。」

格勒「哼」了一聲：「一點也不有趣，我們便是遇上了這種震盪，所以才一下子倒退了一百年，一下子又超越了無數年。」

「你們想回去，是不是？那只好碰運氣了，你們向銀河系飛去，總有機會遇到那種震盪，很抱歉我們不能幫你們什麼，我們的一切，全是腦電波指揮控制的，我們的腦電波的頻率，遠比你們的高，你們無法使用我們的一切機器。」

革大鵬向我們作了一個手勢，我們一齊向後退開。

我們出了那扇小門，到了飛艇中，每個人的兩頰都異乎尋常地灼熱，我們是處在一個迷迷濛濛的狀態之中，直到被送回了飛船之旁。

我們降落這個星球，沒有損失什麼，我們還可以説，受到了十分熱情的「招待」。但是我想，包括革大鵬在內，我們都十分後悔這次的降落。

第十三部

太空流浪者

任何高級生物，總是受時間局限的，時間的局限有伸縮性，可以上下伸縮一千年、兩千年，但到了幾十億年開外，那麼是絕對無法適應。而我們偏偏就闖出了時間的局限！

所以，我們的心中充滿了一種異乎尋常的感覺，難以形容的怪異、錯愕、迷惘和失措！

我們在自己的飛船下站立了好一會，才開始進入飛船。在我們進入飛船的時候，我們又「感到」有人在向我們說：「祝你們好運！」

祝我們好運，我們的運氣，從某一方面來說，已經是夠「好」的了。因為我們竟有機會遇到這樣怪誕而不可思議的事情。

當我那樣想的時候，我又深自慶幸，「永恒星」上的高級生物的形狀，本來就和地球人絕不相同。如果他們的形狀竟是和地球人相同的話，那麼我們在那個「博物館」中所看到的「進化」過程，將會是這樣：先是一個完整的人，接着，人便「進化」到了沒有腳，沒有手，進一步，連身子也沒有了，只有一個頭……到後來，甚至只有腦中樞神經……

如果真是這樣的話，那只怕我們六個人，誰都免不了作嘔，誰都要昏過去，一個人的一生至多只有一百年，在一百年之中，人絕不會發生什麼變異，所以沒有一個時代的人，可以想像人的身體會因為「進化」而起着變化。

但是在事實上，這種變化又是緩緩地，固執地在不斷進行着的。

我們默默地上了飛船，等到飛行的一切準備工作都做好了之後，革大鵬首先嘆了一口氣：「我們這次能夠來到這永恒之星，也是一種偶然的機緣，我們再次起飛，是不是能遇到那種宇宙震盪，全然不可預料。我們可稱為太空流浪者，我們的飛船和整個太空相比，就像是海洋和海洋中的一個浮游生物一樣，我們可能永遠找不到什麼。在這個星球上，我們至少可以生存下去，有什麼人願意停留在這個星球上的，我不反對，這裏的『人』一定會很好地照顧留下來的人。」

白素緩緩地道：「不錯，就像我們地球人照顧稀有的熱帶魚一樣！」

我搖了搖頭：「我不願意留下來。」

我一面說，一面留心觀察別人的情形，只見每一個人幾乎都是毫不考慮地搖着頭。

我又問道：「革先生，你呢？」

革大鵬轉過頭去，他並不回答我的問題，只是道：「那麼我現在起飛了，我們找不到歸宿的時候，大家應該記得我，作為一個領航員曾提醒過各位的。」他按下了發動動力系統的鈕掣，飛船的底部，產生了強大無匹的衝力，飛船以極高的速度向前飛去。

如果有可能的話，我們一定不去想它！但我們卻是難以控制自己的思想，所以我們逼得仍處在那種茫然、駭然的情緒之中。

我們直到十幾天之後，心情才比較略為輕鬆了一些，但是這「輕鬆」，卻是有限度的，因為我們又過了十多天，可是卻仍然未曾遇到什麼宇宙震盪。

我們（尤其是我和白素）變得無事可做，也不知從什麼時候起，我開始再向白素詢問她在歐洲以及到亞洲神秘地區之行的一切細節，其實我已經知道這一切的了，但因為實在無所事事，所以我要她把每一個小節都講給我聽，反複推敲，以消磨時間。

當時，我們只不過為了消磨時間，但後來，我卻發現了許多疑點，將白素認為已完成了任務的這個想法推翻，又產生出無數事情來（事詳「天外金球」）。

時間一天又一天地過去，我們的太空船只是在深藍色的、漫無邊際的太空中飛行，我們在開始的時候，還在熱切地盼望着「宇宙震盪」的來到。但是隨着時間的過去，我們幾乎都已絕望了！

我們是在外太空飛行，這是毫無疑問的事情，而外太空是人類知識範圍之外的東西，我們不知要飛多久，才能夠達到光在一秒鐘之間所達到的速度。然而在這浩渺的空際，距離都是以幾萬光年、幾萬光年來計算的，我們有希望再闖入銀河系中麼？

我們每一個人都變得出奇的沮喪，尤其是迪安，他比我們都「先進」，但是這時他的表現，卻又最差，他用我們聽不懂的話（他是有意不想讓我們聽懂）不斷地講一些什麼。

看他的神情，像是正在怪我們，似乎我們不應該將他從冰層中挖出來，不應該使他復活！

除了迪安之外，最不安寧的便是法拉齊，他時時會尖聲怪叫起來，使人以為他的神經已然分裂，有時，他又會不在主導室中出現，達半個月之久，不知他匿藏在什麼地方。

太空船十分巨大，猶如一座球形的七層大廈，有着許多房間，我們也無法一間一間地去找他。而過了幾天之後，他又會像夢遊病患者似地走了出來。

又過了些時候，我們都感到太空船中，什麼都不缺，可就是少了一樣東西：酒！如果有酒的話，那麼大家的意志就可能不會那麼消沉了。

但是在這裏卻沒法子製造出酒來，格勒可以製造糧食，但卻不能製造酒。

又過了許多時候，迪安和格勒開始研究保持生命的辦法。

他們研究的課題十分駭人，那就是準備用一種方法，將我們六個人中的五個人的生命，予以「凍結」，只餘一個人來操縱太空船，而「凍結」是輪流進行的，那樣可以使我們的生命延長六倍的時間，因為在生命被「凍結」之際，就像迪安被突如其來的冰層埋住一樣，一切機能停止了活動，人是不會在「凍結」時期衰老的。

我不知道即使他們兩人研究成功之後，我是不是有勇氣接受「凍結」。

但是當他們兩人提出來這個辦法之後，我卻也同意了，因為我們只有盡可能地延長飛船在太空中飛行的時間愈長，那我們遇到那種「宇宙震盪」的機會也就愈多。

神經本就不怎麼堅強的法拉齊，變得愈來愈暴躁，他竟然將我們的手表，和飛船中所有的計時器具，全部都在不知不覺中毀滅了。

從那時候起我們已沒有法子獲知時間與日子，我們完全不知道在外太空之外，飄流了多久，和還要飄流多久，我們只是在消磨我們的生命，這時候，我倒希望格勒和迪安兩個人的研究，能快一些成功。

然而，他們兩個人的研究，卻沒有成功，他們又提出一個新的計劃，那就是從永恒星上得來的靈感，他們開始鑄造一種可以接受極其微弱的無線電波操縱的機械，這種機械的形狀和人一樣——但當然難看得多，所謂一樣，那是指有頭、有手、有腳而言的，換言之，那是一個機械人。

他們說，如果將我們的腦子，搬到這個機械人的腦部，那麼我們就可以成為有人的腦子、鋼鐵的身軀的一種「人」。

在那樣的情形下，因為我們沒有肌肉來消耗體力，沒有一切的器官來使精力消逝，我們的生命，也就可以永遠地存在下去。

但是，當他們兩人想出這個計劃來的時候，我卻看得出，他們兩人的精神狀態已經十分不正常，所以我反對這個計劃。

我反對的理由很簡單：即使我們變成了不死的「鋼鐵人」，那又怎麼樣呢？我們的目的，並不是在於「不死」，而是在於回到我們自己所屬的年代去。

你不能想像當我成了一個「鋼鐵人」回到一九六四年時的情形，我也不能想像革大鵬他們，成為「鋼鐵人」之後，回到二〇六四年的情形。

但是我卻知道，格勒和迪安兩人的計劃，被大多數人否決了之後，他們並沒有放棄，他們仍在秘密地進行着他們的研究。

我和白素都感到飛船中的瘋狂氣氛，愈來愈濃厚了，革大鵬雖然一聲不發，但正因為他那種過度的沉默，使人愈來愈覺不妙。我心中暗想，不必再等多少時候了，只要再過半年，我們再遇不上那種宇宙震盪的話，那麼可能就會發生「飛船喋血」的慘劇！

人在孤苦無依的情形之下會不正常，而我們這時正可以說是處在孤苦無依的頂峰狀態之中。

我和白素盡量避免和他們接觸，因為我們反而是所有的人中，最能保持鎮靜的人，那並不是我們的神經特別堅強（實際上，只要是人，在如今這樣的情形下，都難免瘋狂）我們之所以比別人鎮定，是因為我們是兩個人。

我們是熱切相愛的一對，我們感到，只要我們在一起，就算一輩子找不到我們的地球，也還是不算太抱憾的，這種感覺使我們鎮定。

我們有時躲在小房間中，有時在走廊中閒步——當那一天，傳聲器中傳來革大鵬的怪叫之際，我們正是在走廊中散步。

革大鵬的怪叫聲，是如此之尖利，如此之駭人，使我們在剎那之間，以為在主導室中，已經發生了「飛船喋血」事件了。

我們連忙向主導室趕去，進了主導室，我們不禁為之陡地一呆！

主導室中一片光亮，異乎尋常，亮得我們幾乎睜不開眼睛來。

光亮從大幅熒光屏中而來，從透明的穹頂之中射進來，我們要費上一些時間，才能夠看清楚。

我們是最遲趕到主導室中的人，而革大鵬的手指向前指着，誰都可以看得到，他伸手所指的，是一條極長極寬的光帶。

深藍色的空際已不存在了，那光帶所發出來的光芒，強烈到了無以復加，飛船愈向前去，光芒便愈強烈，逼得我們睜不開眼睛來。

革大鵬按下了一個掣，透明穹頂被一層鋼片遮去，他又將熒光屏的光線調節到最黑的程度，即使是那樣，在熒光屏上，仍然可以看到一條明顯的、灼亮的光帶，格勒坐到了計算機的前面，開始工作。

我們不知道那是什麼，但是在經過了如此漫長的日子的藍色空際航行之後，忽然有了那樣一股光帶在前面，那總是令人興奮的事。

革大鵬催促着格勒，要他快點計算出那光帶的一切情形，然而，格勒還未曾說話，光帶便突然展了開來，剎那之間，整個熒光屏都變得充滿了灼亮的光芒，飛船也突然旋轉了起來。

我想像當時的情形，一定很有點像一隻乒乓球，被捲進了一道湍流之中！

在太空船剛開始旋轉之際，革大鵬還手忙腳亂地企圖止住它。

但是他隨即覺得那不可能的了。

他放棄了控制飛船的意圖，緊緊地扶住了椅背，我們每個人都是那樣，緊抓住身邊的東西，因為那時候，飛船似乎在不斷地翻着筋斗，我們在開始的時候還可以支持，但不多久，便感到頭昏腦脹了。

我們都覺得，我們的飛船是在被一種什麼力量帶着前進，那前進的速度快到極點。

但是，卻又不同我們上次遇到過的震盪，那是一種新的感覺，它只是旋轉、不斷地顛來倒去地旋轉着，旋轉了多少時間，我們之中沒有人可以說得出來。而旋轉的停止，也是突如其來的。

陡然之間停止了，可是我們的身子，卻還在左右搖擺着，等到我們相互之間，可以看得清對方的臉容之際，我們可以說從來也未曾看到過那麼難看的臉色。

熒光屏上，已經看不到有什麼光亮了。

法拉齊喘着氣叫：「怎麼一回事？怎麼一回事？」

革大鵬壓聲道：「閉上你的烏嘴！」

他一面說，一面按動了鈕掣，遮掩穹頂的鋼片，重新打開來了，老天，我們該怎樣表示我們的高興才好呢？

真的，我們每一個人，都不知該怎樣表示高興才好！我們看到了星辰，看到了無數的星辰。

星辰在天際一閃一閃，有的大，有的小，這是什麼地方？我們已來到了什麼地方？這一切，我們都不理會了，因為我們又看到了無數星體！

我們是不是已回到了銀河系之中，我們是不是至少已脫離了外太空？

革大鵬迅速着調節着遠程錄像儀，他陡地怪叫了起來：「看見沒有，那是什麼，看見沒有？」

他在這樣叫嚷的時候，臉上露出了極其甜蜜的笑容，老天，笑容未曾在革大鵬的臉上出現，也不知道有多少時候了。

格勒向熒光屏看去，他也笑了起來：「這不是游離星座麼？」

法拉齊雙手高舉：「我們回來了，我們回來了，剛才那光帶將我們帶回來的。」

白素問：「剛才那光帶是什麼東西？」

革大鵬的脾氣，好得出奇，他竟向白素鞠了一躬：「小姐，不知道，宇宙中的一切太不可思議，豈是我們這樣渺小的生物所能了解的？我們已回到銀河系來，這已經夠了！」

從那時候開始，飛船在一個接着一個星球中穿行，有時，我們甚至在一些星球極近距離處掠過，可以清楚地看到星球表面的情形。

我們回到銀河系時的那種狂喜，一下子就完全過去了，誰都知道地球只不過是銀河系中的一個微粒，我們雖然在銀河系中，但是離地球可能有幾十萬光年，甚至幾百萬光年的距離。

這情形，使我想起一首古詩來：「江陵到揚州，三千三百三，已行三十里，還有三千在。」我們進了銀河系，等在我們面前的，絕不止三千里，又有什麼值得高興的呢？

我想革大鵬他們既然認識這些是星座，當然應該知道這些星座離地球有多麼遠的。

但是他們卻絕不出聲，這表示距離地球極遠，遠到了他們覺得說出來也喪氣的地步，所以才沒有一個人講起這件事。

星體的形狀、顏色，千奇百怪，在那一段時間中，我們比較不那麼單調，因為我們至少可以去數一數星體的數目，和沉醉在星球奇幻的顏色中。

又不知過了不少時候，沮喪的情緒又瀰漫在飛船中的幾個人之際，我們所期待的震盪，終於來了。

震盪是突如其來的！

當真是突如其來的，忽然之間，我們猶如被一個力大無窮的人，突然提了起來，重重的撞在房間的天花板上，而且隨即又跌了下來，撞在地上。

那還只是開始，緊接着，整座飛船，都好像要裂了開來一樣。

我和白素正在一間房間中，在翻閱着一些事實上我們看不懂的東西，我們緊緊抓住了一根金屬柱子，我們的身子劇烈地搖晃着，以致我們幾乎看不到對方究竟是在何處。

但是我們的心中卻是很高興的，因為這是那種神奇而不可思議的宇宙震盪，這種宇宙震盪可以結束我們的太空流浪生活。

我們以那種極度高興的心情，來忍受着那種震盪所帶給我們身體的痛苦。我們都知道，一下輕微的震盪，我們就可能越向前一百年，而如今每一秒鐘，我們都要忍受幾十下震動。

那種震動是什麼時候過去的，我們並不知道，因為在那種大震盪繼續上一分鐘以上的時候，我們都已支持不住，而陷於半昏迷狀態了。

我和白素是給革大鵬他們的歡呼聲所驚醒的，我們站起身來，相互望了一眼，都感到極度的震驚，因為我們都鼻青臉腫，但我們都不理會這些，從傳音器中傳來的歡呼聲，使我們知道，震盪所帶來的，一定是對我們十分有利的情形。

我們衝出房門，登上升降機，直趕主導室。

革大鵬指着透明的穹頂：「看……看……這是什麼，這是什麼？」

隨着他所指的看去，我們看到了一個圓而亮的星球，這個星體，我們對它可以說是再熟悉不過了。

那是我們的太陽！

革大鵬不斷地調整着那遠程錄像儀的角度，在一小時之後，熒光屏上終於出現了地球！

地球，這是我們自己的星球，我們每一個人都睜大了眼睛望着它，那肯定是地球，而不會是別的星球，因為它上面的凹凸圖案，我們太熟悉了。

我們的興奮，到了幾乎發狂的程度，每一個人都拉開喉嚨唱着——至於唱些什麼，卻沒有人理會。

格勒一面在唱着，一面在計算，他終於宣布了計算的結果：再過七十一小時的航程，我們就可以在地球上降落了！

只要再過三天，只要再過三天，我們就可以順到達地球了！格勒的宣布，替我帶來了狂喜。然而，這種狂喜卻又很快地被新的憂慮所代替。

不錯，我們的飛船，毫無疑問地是在向地球飛行，神奇的宇宙震盪，將我們帶到了太陽系中。

但是，我們再過三天將要到達的地球，是屬於什麼年代的地球呢？是一九六四年，還是二〇六四年，還是更遲或者更早？

我和白素當然希望那是一九六四年，但是革大鵬他們，則希望那是二〇六四年，迪安則希望是他的那個年代——雖然那是地球毀滅的一個年代。

我們這三種人，哪一個不會失望呢？

還是我們三方面都失望呢？我們三方面都失望的可能性太強了，如果是一八六四年，那我們怎樣辦呢？是降落地面？還是繼續我們的太空流浪呢？

這委實是一個令人難以決定的問題。

我們都像是等待判決的囚犯一樣。剛才，我們覺得三天時間太短了，但如今卻又覺得要等上三天，是太長了。

在這以後，我們每一個人都保持着出奇的沉默。

飛船距離地球愈來愈近，地球的表面情形，我們也愈看愈清楚了，我們看到了高山，也看到了平地，更看到了海洋。

我們早就用一種十分簡單的方法在計算着時間，那可能不十分準，但是總也不會相去太遠。

當六十小時之後，我們已可以把地球看得更清晰了，但是，當七十小時之後，我們就可以看到在海洋上航行的大輪船了！

遠程錄像儀已將地球表面上的情形，更清晰地反映在熒光屏上，我們首先看到了那艘輪船，那是一艘大郵船，大客輪。

我和白素兩人一看到了那艘郵船，便幾乎叫了起來，這毫無疑問，是我們的年代！

因為這艘船，我們是認識的，它是我們這個時代的最大的一艘郵船！

那也就是說，如今我們將要降落的，是一九六四年的地球。

我們算是回家了，我和白素的太空流浪，可以結束了。

我和白素在極度的高興中，並沒有注意到別人的失望，直到飛船忽然停下來，我們才陡地一驚，我忙問道：「怎麼一回事？」

革大鵬的面色十分難看，法拉齊、格勒和迪安，也是一樣。

我們當然可以理解到他們的失望情緒，因為如果地球上的情形，顯示那是二〇六四年的話，那麼我們也一樣會如此失望的。

我不好意思再問他，革大鵬呆了好一會，才道：「你們看到了，我們的太空流浪，並沒有結束。」

我連忙道：「其實，你們如果到地球上去，只要我和白素不說出來，沒有人會知道你們真正的身分，而憑着你們超人的學問，你們一定可以在地球上，得到極其崇高的地位！」

革大鵬不出聲，其餘各人都不出聲。

好一會，革大鵬才道：「不，我們不是屬於你們這個時代的，你們下去吧，你們利用小飛艇，可以很順利地通過大氣層，回到地球上去的。」

白素道：「你們——」她的話中，充滿了依依不捨的語氣。革大鵬呆了半晌，才道：「我想，我的決定，可以代表他們，我們決定仍在太空流浪，直到找到我們的時代為止。」

白素道：「你們可能永遠找不到。」

革大鵬點頭：「是的，但我們無法不這樣，我們不能生活在不屬於我們的時代中，就像淡水魚不能在海水中生存一樣。」

白素嘆了一口氣，我和她不由自主地向他們走去，和每一個人握手，我們都不說什麼，只是緊緊地握着手，握得如此之緊！

我們握好了手，革大鵬才道：「小飛艇的操縱方法，你們是知道的了，我們會等你們降落之後，再開始我們的航行。」

我和白素離開了主導室，來到了小飛艇旁，我們爬了進去，開始發動，小飛艇以極高的速度，向前衝了出去，向地球表面上衝去。

我們的小飛艇在進入大氣層的時候，艇身發出「滋滋」的怪聲來，它在大氣層中變得不十分穩定，是以當它猛地扎入了海中之際，我們都不知道究竟發生了什麼事情，我們只是感到，我們已降落了。

於是，我們合力打開艙蓋，海水湧了進來，我們費勁在掙扎着，浮上了海面，那並不是一望無際的大海，那只是近陸地的海。

我們之所以如此肯定，是因為在我們浮上海面之後，就看到了一個荒島，我們立即向那個荒島游去，等到我們登上了那個荒島的時候，我雖然已然極之疲倦，但是我們仍然驚呼了起來！

這個小荒島我太熟悉了，這就是白素的飛機撞毀的那個小島！

真是，就是那個小島，這不是太湊巧了？那實在太湊巧了。我相信，這種神奇的宇宙震盪，是有規律的，所以上一次將飛船帶到了這一帶的上空，這一次仍然是這樣，而且在時間上，只不過相差了四天，也就是說，我們仍然是在一九六四年，只不過遲了四天。

在這四天之中，事實上我們已過了許多年，但是當我們回到了我們的時代之後，卻只不過失去了四天。

到了這裏，事情似乎已沒有什麼可以再值得記述的了，但是還有一件事，革大鵬究竟怎麼樣了？我一直祝福他們能夠回到他們的年代中，但那一天，我偶然看到一篇記載，我卻對他們的下落，有了不樂觀的看法。

我所看到的那篇記載是：在一八六四年五月，有一顆極大的殞星，估計有二十五噸重，墜落在法國的南部地方。有殞星墜落，那並不是什麼出奇的事，令人奇怪的是，這個殞星的殘餘部分，經過分析，那是一種純度的合金，而且，經過一個有名的太空生物學家的研究，發現在「殞星」的殘餘中，有着最早的生命痕迹，有着蛋白質的組織痕迹，這位太空生物學家的結論是：在這個殞星上，本來有着生物，而這些蛋白質組織，和人體的蛋白質組織，又十分類似云云。這使我想起了那艘飛船，它會不會在太空中又飄盪了若干年，等他們四人都死了，才遇上神奇的宇宙震盪而墜落下來，由於失去了控制，所以便損毀了，並被人當作是殞星呢？我之這樣懷疑，是因為在時間上是吻合的，我們已知道這種震盪的幅度，在時間上是以一百年為單位。一八六四年，剛好是一九六四年之前的一百年！

（全文完）

衛斯理小說典藏版 25

原子空間

作　　者：　衛斯理（倪匡）
責任編輯：　林詠群　葉倩文
封面設計：　李錦興
出　　版：　明窗出版社
發　　行：　明報出版社有限公司
　　　　　　香港柴灣嘉業街18號
　　　　　　明報工業中心A座15樓
電　　話：　2595 3215
傳　　真：　2898 2646
網　　址：　https://books.mingpao.com/
電子郵箱：　mpp@mingpao.com
版　　次：　二〇二二年七月初版
I S B N：　978-988-8688-71-5
承　　印：　美雅印刷製本有限公司